그대여,
어느 쪽을 선택할 것인가는 오로지 그대 의지에 달려 있다.

청춘 불패

이외수의 소생법

청춘불패

이외수가 쓰고
정태련이 그리다

누구에게나 아침은 온다.

| 차례 |

1장

백조면 어떠하고 오리면 어떠한가

내 시간의 폴더에는 불러오기 파일이 손상되고, 자판을
두드릴 때마다 떠오르는 메시지, '그대의 인생에 치명
적인 오류가 발생했습니다.'

무한창공의 굴뚝새

―자신을 무가치하다고 생각하는 그대에게

그대여.

체감 온도는 날이 갈수록 낮아지고 경기도 날이 갈수록 침체되는 분위기다. 사흘이 멀다 않고 빚 때문에 자살하는 사람들이 속출한다.

기억하는가. 오늘 아침에도 그대는 습관처럼 조간신문을 펼쳐들고 오늘의 운세를 눈여겨보았다. 오늘의 운세를 담당한 역술인은, 주변의 도움으로 큰 근심 하나가 사라진다, 라고 그대의 운세를 예언하고 있었다. 아싸, 그대는 제법 기분이 좋은 상태로 아침을 맞이했고 종일토록 세상이 달라지거나 그대가 달라지기를 기다리고 있었다. 그러나 오늘도 마찬가지였다.

종일을 기다려보았지만 아무 일도 일어나지 않았다. 그러니까, 조간신문에 연재되는 오늘의 운세는 다른 사람에게는 어떨지 몰라도 그대에게는 쉬바, 뻥이었다.

그대는 오늘도 일기를 쓴다. 별볼일없었음. 어제와 똑같은 일기를 쓴다. 빌어먹을, 어째서 그대의 일기는 날이면 날마다 별볼일없었음만 연속되는 것일까.

한국 속담에 잘 되면 제 탓이고 못 되면 조상 탓이라는 말이 있다. 정말 그럴지도 모른다. 그대는 조상으로부터 현대 사회의 필수적인 생존 도구로 평가되는 돈이나 빽 따위를 한 가지도 상속받지 못한 빈민이다. 돈은 어린 시절부터 아예 인연이 멀었고 빽은 군대 시절에 지급받은 국방색 따블빽이 유일한 인연이었다.

그대는 마치 있어도 그만이고 없어도 그만인 인간으로 이 세상을 겉돌고 있었다. 설상가상(雪上加霜)으로 애인마저 절교를 선언하고 말았다.

돈이 없다는 사실은 견딜 수 있어도 애인이 없다는 사실은 견딜 수 없다. 어떤 방법을 써보아도 실연의 상처는 치료되지 않는다. 자살을 하자니 젊음이 통곡을 하고 버티고 살아가자니 자존심이 통곡을 한다. 하지만 아직까지는 아무리 힘든 상황이라도 사기를 치거나 협박을 하거나 주

먹을 쓰거나 도둑질을 생각해 본 기억이 없다. 출세를 위해서라면 물불을 가리지 않는 세태와도 일절 타협할 의사가 없다.

그대 역시 지구상에 존재하는 모든 생명들이 서로 정겹고 행복한 삶을 함께 영위할 수 있기를 간절히 소망한다. 그런데도 행운은 그대로부터 너무 멀리 떨어진 거리에서 딴전만 피우고 있다.

대니 런던이라는 권투선수가 있었다. 그는 본래 벙어리였는데 어느 날 권투 시합을 하다가 상대편의 세찬 펀치를 얻어맞고 돌연, 귀도 뚫리고 말도 할 수 있는 상태가 되었다. 분명한 행운이다. 하지만 만약 그대의 운세였다면 상대편의 세찬 펀치를 얻어맞는 순간 고막이 파열되고 발성 기관이 마비되는 불행이 닥쳤을지도 모른다.

지금까지 그대는 무슨 일을 해도 실패와 고난을 벗어날 수가 없었다. 밀가루를 팔러 나가면 바람이 불고 소금을 팔러 나가면 비가 내리는 격이었다. 행운은 철두철미하게 접근이 통제되고 불행만 무사통과로 출입

이 허용되고 있었다.

　그대는 불안감과 초조감을 쉽사리 떨쳐버리지 못한다. 기회만 있으면 술을 마신다. 아침이면 속이 쓰리고 속이 쓰리기 때문에 다시 해장술을 마신다. 악순환의 연속이다. 아무리 둘러보아도 돌파구는 보이지 않는다.

　하지만 그대여.

　깊이 한 번 돌이켜 생각해 보자. 그대는 분명히 그대이며, 결코 다른 누구도 될 수 없거늘 박찬호를 보면 박찬호가 되고 싶어하는, 박세리를 보면 박세리가 되고 싶어하는, 홍명보를 보면 홍명보가 되고 싶어하는 인생을 살아오지는 않았는가.

　물론 세상에 이름을 날리는 사람들에게 부러움을 느끼는 것은 당연지사다. 그러나 부러움 때문에 자신의 인생을 하찮게 생각하는 소치는 어리석다. 저들에게는 저들에게 주어진 저들만의 삶이 있듯이, 그대에게도 그대에게 주어진 그대만의 삶이 있을 것이다.

그대여. 절망하지 말라.

자신의 부귀영달을 위해서라면 표리부동(表裏不同), 인면수심(人面獸心), 어떤 수치스러운 언행을 일삼아도 절대로 양심의 가책을 받지 않는 철면피함. 아집으로 만들어진 투구를 쓰고 편견으로 만들어진 갑옷을 입고 권모술수(權謀術數)의 칼날로 진실을 처참하게 목잘라버리는 영웅심. 기만과 배반, 부정과 부패, 가식과 위선, 그대가 그 모든 해악적 장신구들을 걸치고 있다고 하더라도 절망하기는 이르다.

그대는 정치가로 대성할 자질을 갖추고 있는지도 모른다. 에머슨이 말했다. 무릇 정치는 준비가 필요 없다고 생각되는 유일한 직업이라고.

그러나 준비가 필요 없다고 생각되는 유일한 직업조차도 그대의 적성에 맞지 않는다면 문제는 다소 심각하다. 어쩌면 그대는 군자로 태어났을지도 모르기 때문이다. 그대는 군자로 태어났으면서 자신의 삶을 평가할 때는 초지일관 속인들의 저울이나 잣대를 갖다 대고 있었는지도 모른다. 그러니까 지금까지 그대는 잘못된 도량법으로 그대를 계측하고 있었는지도 모른다.

그대가 군자로 태어났다면 지금부터라도 속인들이 사용하는 저울이나 잣대를 가급적이면 멀리 집어던져라.

모든 사람들이 군자로 태어나서 자신을 잘못된 도구와 방법으로 계측하기 때문에 어떤 사람은 정치가로 행세를 하고 어떤 사람은 예술가로 행세를 한다.

하지만 그대여.

그대가 진실로 행복한 인생을 살고 싶거나 아름다운 인생을 살고 싶다면, 현재 자신이 알고 있는 자신을 철저하게 거부하라. 그것들은 모조리 허상이다. 과감하게 허상을 목졸라버리고 그대의 진체가 무엇인지를 탐구하라. 모든 사람이 군자로 태어났으되 스스로 군자가 되기를 거부하며 살고 있으니, 어찌 세상과 인생이 아름답고 행복하기를 바라겠는가.

그대여.

아직도 그대에게 행운이 도래하기를 꿈꾸고 있는가. 물론 하나님의 품 속에는 각자가 간직하고 있는 마음의 그릇에 따라 걸맞은 행운이 준비되어 있다. 그러나 인간들이 시련과 인내로써 마음의 그릇을 넓힐 생각은 하지 않고 욕망과 허영으로써 자멸의 구덩이만을 넓히고 있다. 그래서 도박을 하고 복권을 사고 투기를 한다. 그리고 재산이라도 말아먹으면 그때는 영락없이 하나님을 원망한다.

하지만 마음의 그릇이 작은 인간들은 아무리 큰 행운을 주어도 그것이 행운이라는 사실조차 모르고 팽개쳐버린다. 반대로, 마음의 그릇이 큰 인간들은 아주 작은 행운을 주어도 천하를 얻은 기쁨으로 하늘에 감사하는 마음을 가지게 된다.

그대에게 지금까지 행운이 따르지 않았던 것은 불행과 고통으로써 그대 가슴의 그릇을 넓히기를 기대하신 하나님의 자비심 때문은 아니었을까. 틀림없이 그럴 것이다.

그러나 그대는 과연 얼마나 그릇이 넓어졌는가. 잡다한 세속적 욕망과 집착 때문에 오히려 날이 갈수록 그릇이 좁아지지는 않았는가. 그대가 불행을 느낄 때 더 큰 불행에 처해 있는 사람들을 생각하며, 그대가 고통을 느낄 때 더 큰 고통에 처해 있는 사람들을 생각하라. 그러면 절로 그대 마음의 그릇이 넓어지고 그대 마음의 그릇이 넓어진 자리에 그대 진체가 모습을 드러내는 날이 오리라.

하지만 그대여, 결코 서두르지 말라.

대어를 낚으려는 조사(釣師)일수록 기다림과 친숙하고 먼 길을 떠나려는 나그네일수록 서둘러 신발끈을 매지 않는다. 그렇다. 인간으로 태어나 고작 한 백 년, 세월은 홍수에 범람하는 강물보다 빠르게 흘러간다. 돌이켜보면 얼마나 많은 세월들이 부질없이 흘러갔는가. 아무리 손을 휘저어보아도 어차피 공수래공수거(空手來空手去)로 마무리 되는 인생, 어찌 출세와 재물의 노예로 전락해서 살아갈 수 있으랴.

가라, 비록 내 곁에서 떠날 수는 있어도 내가 사는 우주
에서는 결코 떠날 수가 없을 것이다.

지금부터라도 군자가 되는 연습을 하자. 무릇 군자는 남에게 주어질 행운을 만들 줄은 알아도 결코 자신이 받을 행운을 기다리지는 않는다. 국어사전이 풀이하는 대로라면 군자는 학식과 덕행이 높은 사람이다.

어쩌면 그대는 가방끈이 짧다는 이유로 군자가 되기를 망설이고 문자 속이 얇다는 이유로 군자가 되기를 주저할지도 모른다. 차라리 조간신문 오늘의 운세나 들여다보면서 이대로 살아가겠노라고 발뺌을 할지도 모른다.

그러나 반드시 대학을 나와야만 학식이 높아지는 것도 아니고, 반드시 공맹을 읽어야만 덕행이 높아지는 것도 아니다. 무릇 군자의 학식과 덕행은 오로지 마음공부를 근본으로 높아지거나 깊어지는 법이니 어둠과 밝음, 있음과 없음, 옳다와 그르다, 그 어떤 분별의 자리에도 마음을 묶어두지 말라.

어둠이 다하면 밝음이 오고 밝음이 다하면 어둠이 온다. 있음이 다해서 없음이 되며 없음이 다해서 있음이 되나니, 옳다고 하면 그를 때가 있고 그르다고 하면 옳을 때가 있노라. 오로지 마음 하나로 세상을 대하다 보면 겉으로 보기에는 상반되는 그 모든 것들이 결국 같은 자리에서 태어나 같은 자리로 돌아감을 알게 되리라.

그대가 근심하지 않아도 봄이면 복사꽃 만발하고 여름이면 강물이 불어난다. 그대가 한탄하지 않아도 가을 산에 단풍들은 사태지고 겨울 강에 눈보라는 흩날린다. 비록 몸은 세속의 열 평 방 속에 갇혀 있으되 마음은 우주 삼라만상을 두루 넘나들 수 있으니 어찌 스스로 봉황이 되어 무한창공을 자유롭게 날지 못하고 한 마리 굴뚝새가 되어 구차하게 돌 틈에 몸을 숨기랴.

작가 노트 1

겨울 새벽까지 깨어 있으면 언제나 빌어먹을 놈의 외로움 때문에 뼈가 시리다, 라고 썼다가 바깥에서 앙상한 뼈를 드러낸 채 묵묵히 겨울을 견디고 있는 나무들을 생각하면서 부끄러움을 느꼈다.

시계바늘은 움직이고 있지만 시간은 흐르지 않는다. 이제 세속을 잊어야겠다. 내가 간직했던 사랑과 증오들도 모두 반납해야겠다.

돌이켜보면 거기서는 언제나 내 영혼 속으로 산성비가 내렸다. 가끔은 이유없이 개들이 사납게 달려들어 내 살점을 물어뜯기도 했다. 이제 알겠다. 개들에게는 단지 내가 지나가는 행려병자에 불과했던 것이다.

그러나 자연에게는 자기변명이 필요치 않다. 여기서는 가슴 하나만 열어두면 그만이다.

고백컨대, 내 인생의 가장 큰 밑천은 열등과 빈곤이었다.

시정잡배의 개안

—부모를 증오하는 그대에게

내 아버지의 별명은 미친개였다로 시작되는 중편소설이 있었지. 쑥스럽지만 고백을 해야겠네. 그 소설은 나의 데뷔작이었고 내가 겪은 유년의 비극을 바탕으로 쓰여졌네.

나 역시 어린 시절에는 가정환경이 개떡 같았어. 아버지는 왜정 때 사범학교를 다니셨고 동란참전 세대였으며 육군 상사로 전역하셨지. 그때는 모두들 먹고살기가 여의치 않았네. 아침은 거르고 점심은 생략하고 저녁은 굶는 날이 많았어. 전역을 하시자 아버지는 대번에 무력한 가장으로 전락해 버리고 말았네. 어머니의 바가지도 만만치는 않았어. 우여곡절 끝에 아버지는 강원도 어느 깡촌에서 교편을 잡으셨지만 어찌 된 까닭인지 가족들은 항시 가난을 덕지덕지 몸에 붙이고 다녀야 했지.

설상가상으로, 아버지는 술을 너무 좋아하셨어. 짐작컨대, 아버지는 오랜 군대생활과 짧은 사회생활 사이에서 극심한 갈등과 혼란을 겪고 있었지만, 사실 가족들은 아버지에 대한 기대감과 의타심만 가득했고 아버지에 대한 신뢰감이나 존경심은 전혀 없었어.

밖에서 술을 드시고 집에 들어오시는 날은 느닷없이 재떨이가 허공을 날아다니고 수시로 밥상 다리가 부러지고 한 줌씩 어머니의 머리카락이 뽑히는 장면을 보아야했지. 내 유년은 한 마디로 비명 소리 가득한 공포 영화. 내게도 무지막지한 주먹폭탄이 가차없이 떨어져 내렸어. 날마다 참혹했어. 가능하다면 부모님들로부터 최대한 멀리 도망치고 싶었지.

하지만 나는 나약하기 짝이 없었네. 사흘이 멀다 않고 재연되는 공포 영화를 고스란히 감수할 만한 인내심도 내게는 없었고 그렇다고 집을 박차고 뛰쳐나갈 과단성도 내게는 없었어.

유년시절이 지났어도 상황은 변하지 않았네. 나는 갈수록 질량이 늘어가는 우울 한 덩어리를 남 몰래 가슴에 품고 사춘기도 없이 청소년기를 보내야 했지. 나는 날마다 부모님을 잘못 만났다는 자괴감에 빠져 있었어.

그대여.

저 길고 긴 어둠의 터널을 지나 지금 나는 슬하에 두 아들을 거느린 아버지가 되어 그대를 만나고 있다. 그대는 어쩌면 내가 유년시절이나 청소년기에 거쳤던 참혹함, 그 참혹함보다 몇 배나 더 절실한 참혹함에 몸서리를 치면서 세상을 살고 있는지도 모르겠다. 그래서 세속의 비루한 글밥이나 먹고 살아가는 이 늙은이의 주절거림을 귀찮고 쓸모없는 잔소리로 치부해 버릴지도 모르겠다.

하지만 그대여.

나는 과거라는 시간 속에서 그대의 나이를 경험했고 그대는 미래라는 시간 속에서 나의 나이를 경험할 것이다. 그리고 우리는 지금 현재를 공유하고 있다. 나는 그대보다 젊은 날을 먼저 소멸시켜 버린 늙은이로서 허심탄회하고 솔직담백하게 그대에게 고백하고 싶다.

이제 늙은이들은 일선에서 물러나야 한다. 일선에서 물러나 평온한 모습으로 휴식을 취해야 한다. 이제 우리 세대에게 기대할 희망은 없다. 기

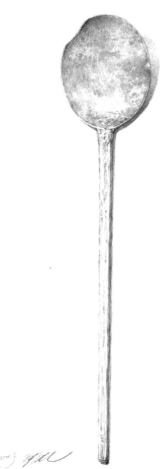

력도 쇠잔해 있고 능력도 감퇴해 있다. 당연히 한 사람의 늙은이로서는 그대가 맞이할 미래에 별다른 도움을 줄 수 없을지도 모르겠다. 그러나 한 사람의 선험자(先驗者)로서는 그대가 맞이할 미래에 조그만 도움을 줄 수 있을지도 모르겠다.

나는 그대에게 묻고 싶다.

그대도 인륜과 천륜을 저버리고 남들에게 손가락질을 받는 구제불능의 패륜아로 전락하고 싶은가. 그대는 강력하게 고개를 가로저을 것이다. 가급적이면 그대 역시 부모님께 한평생 효도를 다하면서 인간답게 살고 싶을 것이다. 그러나 결과적으로 판단하면 부모님은 아직도 그대에게 불효자가 되기만을 강요할지도 모른다.

그대는 부모님으로부터 기쁨이나 사랑이나 희망이나 행복같이 따뜻하고 감미로운 품목들은 한 가지도 물려받지 못한 극빈자. 물려받은 것이라고는 오로지 지독한 애정 결핍, 그리고 끝없는 욕구 불만. 그대는 날이 갈수록 자신에 대한 혐오감만 짙어진다. 때로는 자신이 부모님들과 똑같은 유전자를 간직하고 있다는 혐오감, 그대가 결혼을 해서 아이를 가지게 되면 아이도 똑같은 유전자를 간직하고 살아가야 한다는 혐오감, 감정과 지각이 있는 인간이라면 누구나 진저리를 치지 않을 도리가 없다.

그래, 이해한다 그대여.

하지만 개인적인 감정을 최대한 억제하고 가급적이면 객관적인 입장에서 내 말을 한 번 경청해 보시라. 과연 그대가 당면한 불행과 비극들은 어디서 비롯되는 것일까. 그 모든 책임이 전적으로 그대의 부모님들에게만 있는 것일까. 아니면 미쳐 돌아가는 세상에게 책임이 있는 것일까. 미쳐 돌아가는 인간에게 책임이 있는 것일까.

그대여 미안하지만, 정말로 미안하지만 아무에게도 책임이 없다. 내가 알고 있는 역사 속에서는 인류를 저버리게 만든 장본인도 천륜을 저버리게 만든 장본인도 오리무중(五里霧中). 성수대교가 무너졌을 때도 책임자는 오리무중. 국가 경제를 말아먹었을 때도 책임자는 오리무중. 세상의 모든 불행과 비극은 인과관계(因果關係)가 헝클어진 실뭉치처럼 복잡해서 인간의 능력으로서는 명확한 판독이 불가능하다.

그러나 한 가지 사실은 분명하다. 그대의 부모님들도 젊었던 시절이 있었으며 서로를 사랑할 때의 희열, 자식을 낳았을 때의 감격, 그리고 자식을 기르면서 가슴에 간직했던 소망과 기쁨들이 있었을 것이다. 하지만 지금 그것들은 멀고 먼 선사시대의 유물처럼 저 깊은 시간의 지층 속에 매몰되어 버렸다. 안타깝게도 그대의 눈에는 털끝 하나 보이지 않는다.

지금 그대의 부모님들은 아무런 추억도 없고 아무런 낭만도 없고 아무런 패기도 없고 아무런 재능도 없는 패배자, 걸어 다니는 무력감 덩어리. 어떤 대화도 통하지 않고 어떤 감정도 통하지 않는 인간 담벼락. 온갖 비극의 초대자로 온갖 고통의 시발자로 청춘이 구만 리 같은 그대의 진로를 가로막고 있다.

그대는 내게 말할지도 모른다.

백과사전에서 잉여인간(剩餘人間)이라는 단어를 찾아보면 거기 남아돌아가는 인간에 대해서 학술적이고도 조리분명한 설명이 적혀 있고 그대 부모님들의 사진이 표본으로 첨부되어 있을지도 모른다고. 특히 그대가 부모님으로부터 빈번한 학대를 받은 기억이 있다면, 차마 부모님을 상대로는 내뱉지 못할 욕설까지 몇 번이나 목구멍에 맴돌았을 것이다. 그래, 어처구니없게도 이 썩어빠진 세상에서는 차마 인간으로서는 저지를 수 없는 비인간적인 행위들을 자식에게 저지르는 부모들도 적지는 않으니까.

하지만 그런 부모라면 어찌 정상적인 인간으로 평가하랴. 무릇 자식을 습관적으로 학대하는 부모들은 대부분 심각한 정신적 결함 요소들을 간직한 환자이니 일단 정신과 치료가 우선되어야 한다. 하등한 짐승들도 새끼를 습관적으로 학대하지는 않는다.

어쩌면 그대는 정상인이 아닌 부모님을 모시고 있는지도 모른다. 그리고 정상인이 아닌 부모님을 모시고 있으면서도 부모님이 정상인으로서의 언행을 보여주기를 간절히 기대하고 있는지도 모른다.

하지만 명심하라. 이제 모든 기대를 그대 자신에게로 돌릴 때가 되었다.

그렇다 그대여.

그대의 부모님들은 그대가 모르는 사이 아마 세상으로부터 크나큰 상처를 받았을 것이다. 하는 일마다 제대로 풀리지 않았거나, 의지할 곳이 없었거나, 자금 부족으로 사업에 실패를 했거나, 인간을 너무 믿은 나머지 사기를 당했거나, 일확천금을 노리고 노름에 손을 댔거나, 가정을 짊어지기가 버겁고 고달픈 처지에서 세상으로부터 매정하게 버림을 받았을 것이다.

하지만 모든 일들을 용서하라. 이제 그대의 부모님들에게는 삶을 바꿀 만한 여력이 없을지도 모른다. 그리고 보이지 않는 그 어딘가에 깊은 병마(病魔)가 도사리고 있어서 그대가 모르는 정신적 고통에 날마다 시달

부끄럽다. 인간이라는 이름의 짐승이여.

리고 있을지도 모른다.

　그대여.

　세상의 모든 부모들은 그 마음 한켠에 자식에 대한 사랑을 묻어두고 있다. 아무리 나쁜 아버지라도 나쁜 자식이 되기를 원치는 않는다. 아무리 자식을 때리고 학대하고 미워하는 부모라 할지라도 그 마음 한켠의 어딘가에는 반드시, 반드시 자식을 사랑하는 마음이 녹슨 채 매몰되어 있을 것이다. 그대로서는 참으로 믿기 힘든 말이겠지만, 또 그대의 부모 역시 지금은 까마득하게 잊어버렸을지도 모르는 일이겠지만, 그것은 틀림없는 사실이다.

　세상은 과거에 비해 너무나 척박하고 살벌하고 냉혹하다. 어른이 되어도 쉽사리 흔들리고 쉽사리 상처를 받고 쉽사리 쓰러져버리기 일쑤다. 그리고 그대의 부모들은 그런 불쌍한 어른들에 지나지 않는다. 그대가 아무리 부모님을 효제(孝悌)로써 공경해도 어쩌면 그대의 부모님은 쉽사리 변하지 않을지도 모른다. 자식을 키우는 일만큼이나 부모를 섬기는 일 역시 힘들고 어렵기 때문이다.

하지만 그대여.

진실로 그대가 인간답게 살고 싶다면 과감하게 의식을 전환하라.

율곡 선생은 선비의 온갖 행위 중에 효제가 근본이라 하였으며 삼천 가지 죄목 중에 가장 큰 죄목이 불효(不孝)라 하였거늘, 시대가 달라졌다고 어찌 부모 자식 간의 인연까지 달라질 리가 있으랴.

금세기 최고의 지성 토인비에게 어느 기자가 물었다. 만약 지구가 멸망해서 다른 별로 이주할 때 오직 한 가지만을 가져가야 한다면 선생님은 도대체 무엇을 가져가겠느냐고. 토인비는 촌각의 망설임도 없이 대답했다. 한국의 가족 제도를 가지고 가겠노라고.

까마귀는 어미가 늙어서 먹이를 구하지 못하면 새끼가 먹이를 물어다 어미를 공양한다. 구약성서 신명기에도 부모를 업신여기는 자에게 저주를, 이라고 말하면 온 백성이 아멘이라고 소리치라는 구절이 있다. 아멘

은 기도의 끝머리에 찬동을 표명하는 뜻으로 쓰이는 단어다.

　그대여.

　그대가 인간에게 축복을 받고자 한다면 성현의 가르침을 따르고, 그대가 신에게 축복을 받고자 한다면 하늘의 가르침을 따르라.

　내 아버지의 별명은 미친개였다로 시작되는 소설의 주인공은 아버지였다. 아버지는 알콜중독자, 날마다 열심히 술을 마시고 날마다 열심히 훈장을 닦는다. 훈장은 아버지의 빛나는 과거, 그러나 현실 속에서는 무용지물(無用之物)이다. 어찌하랴. 세월은 무정하고 세파는 매정하거늘, 그것을 자각하기에는 아버지의 병마가 너무 깊었다.

　나는 훈장이라는 제목의 소설을 쓰기 시작하면서 비로소 특별한 기쁨도 행복도 없는 소년기를 보내고 어느새 자신이 아버지의 상처를 감싸 안아야 하는 성인이 되었음을 깨달았다. 나는 어쩐지 슬프고 몹시 억울

한 기분이었지만 아버지가 저 험난한 세상을 그 나이까지 살아오셨다는 사실 하나만으로도, 아버지를 이해하고 존경하겠노라고 마음먹었다. 그리고 놀랍게도 그 한 번의 의식 전환이 구제불능의 시정잡배로 살아가던 나를 소설가로 다시 태어나게 만들었다.

그대여,

나는 오늘 그대보다 먼저 한 세상을 살아온 한 사람의 선험자로서 그대에게 간곡히 당부하노니, 부모님이 그대에게 어떤 악행을 저질렀다 하여도 지금부터 의식을 과감하게 전환하라. 성현도 부모님을 공경하라고 가르쳤으며 하늘도 부모님을 공경하라고 가르쳤나니, 그것이 악운을 행운으로 바꾸는 비결이라, 공경할 부모가 없는 이들은 얼마나 안타까운가.

만약 그대가 성현과 하늘의 가르침을 진실과 기쁨으로 꾸준히 실천한다면 예언컨대, 언젠가는 그대의 앞날에도 눈부신 축복이 폭포처럼 쏟아지리라.

작가 노트 2

그대 주변에
어떤 문제가 발생했을 때
그대가
'안심하세요, 제가 있으니까요'
라고 말해 주면
그대를 믿고
안심하는 사람이
몇 명이나 있나요.

가족조차도
그대의 말을 신뢰하지 않는다면
그대의 인생은
아직 미완성입니다.

낭만이 죽어버렸기 때문에 사랑도 죽어버렸다. 성욕의 수풀만 무성하게 자라 오르는 도시. 그대는 오후 여섯 시만 되면 길을 잃어버린다.

다이아몬드 깎기

―그대의 아름다워야 할 사랑을 위하여

사랑이 무엇입니까.

누군가 내게 물어도 나는 명료하게 대답해 줄 재간이 없다. 사랑은 말이나 글로는 표현이 불가능한 불립문자(不立文字), 아무리 절묘하게 표현을 해도 그것은 사랑의 원본(原本)이 아니라 사랑의 사본(寫本)에 불과하다.

사랑은 화두(話頭)처럼 난해하다. 사랑을 하고 있는 사람들조차도 사랑의 실체를 모를 정도로 난해하다. 아인슈타인이 골백번 다시 태어난다 해도 사랑의 공식과 정의를 만들어내지는 못할 것이다.

그러나 나는 알고 있다. 사랑이라는 화두를 푸는 열쇠는 사랑 그 자체 밖에 없다는 사실을.

사랑은, 찾아올 때는 한여름 심장 속으로 들어와 이글이글 불타는 칸나꽃처럼 그대 영혼을 온통 열병에 시달리게 만들고, 떠나갈 때는 한겨울 늦골 속으로 들어와 싸늘하게 흐르는 개울물처럼 그대 영혼을 온통 슬픔으로 흐느끼게 만든다.

사랑은 오직 사랑에 의해서만 태어나고, 사랑은 오직 사랑에 의해서만 죽어간다. 일찍이 어떤 지성도 어떤 권력도 사랑을 통제할 수는 없었다. 하지만 그 불가사의한 사랑이 어떤 사람에게는 몇 번씩이나 찾아오고 때로는 양다리 삼다리까지 걸치게 만든다. 그러면서도 어떤 사람에게는 그 림자조차 얼씬거리지 않는다. 결혼 적령기를 훨씬 지났지만 날마다 옆구리가 허전한 신세를 면치 못하게 만든다. 어쩌다 이쪽에서 마음이 끌리는 상대를 만났어도 저쪽에서 퇴짜를 놓아버리는 불상사가 초래된다.

짐작컨대 하나님은 사랑에 대해서만은 몹시 불공평한 분배 법칙을 만들어놓으셨다.

그대여.

진눈깨비 내리는 겨울날 거리를 방황하면서 단호히 결별을 선언한 사

랑을 애타게 기다려본 적이 있는가. 온 세상을 눈부신 환희로 물들이던 시간들은 냉혹하게 문을 닫았고 그대가 쌓아올린 꿈의 성곽들도 무참히 허물어졌다. 그대는 알고 있다. 그대가 애타게 기다리는 사랑은 단호히 결별을 선언했고, 그대가 기다리다 지쳐 망부석이 된다고 하더라도 절대로 나타나지 않는다는 사실을.

그래도 그대는 막연히 기다려본다. 막연히 기다려보는 일 외에는 달리 할 일이 없다. 영원히 밤이 끝나지 않을 것 같은 암울함. 영원히 겨울이 끝나지 않을 것 같은 참혹함. 세상이 갑자기 낯설어 보인다. 그대는 허리가 잘려나간 가로수에 이마를 기대고 깊은 밤 진눈깨비가 흐느끼는 소리를 홀로 듣는다.

사람들은 누구나 사랑을 갈망하고 사랑을 아름답다고 표현하지만, 사랑은 때로 그것이 사랑이라는 사실을 깨닫기도 전에 그대 곁을 떠나버린다. 사랑이 떠나버리고 난 자리에는 언제나 깊은 회한과 상처가 남는다. 그대 젊음은 작둣날에 가슴을 절단 당하는 고통을 체험한 끝에야 사랑이 결코 아름답지 않다는 사실을 깨닫는다.

　사랑이 밥 먹여주냐. 이따금 실리적인 사람들은 사랑이 얼마나 부질없는가를 그 한 마디로 대신하지만 사랑이 밥을 먹여주다니, 극도로 식욕이나 감퇴시키지 않는다면 감지덕지할 노릇이다.

　모든 사람들은 사랑을 잃어버리는 순간 인생도 끝나버린 듯한 종말감에 사로잡힌다. 그리고 정신적으로든 육체적으로든 자신이 실제 나이보다 몇 살은 더 늙어버렸음을 깨닫게 된다.

　그렇다. 잠시만이라도 그대를 행복하게 만들어주었던 사랑은 정체불명의 급성질환으로 치료를 시도해 볼 겨를도 없이 사망해 버렸다. 꿈이었으면 좋겠지만 엄연한 현실이다. 결국 그대는 수시로 포기라는 단어와 죽음이라는 단어 사이에서 갈등을 겪는다. 하지만 아직 제대로 사랑도 못 해보고 인생을 포기하기에는 젊음이 너무 억울하다.

　그대여.

나는 오늘 그대보다 먼저 작둿날에 가슴을 절단 당하고, 그대보다 먼저 무수한 밤들을 불면으로 지새고, 그대보다 먼저 허망하게 젊음이 허물어졌던 경험자로서 그리고 이제는 어지간한 실연에는 눈썹도 까딱하지 않는 절망의 천재이자 자학의 달인으로서 그대에게 사랑의 고통, 사랑의 미로를 벗어나는 방법을 가르쳐주고자 한다.

그대여.

미리 말씀드리지만 내장을 모조리 토해내고 싶을 정도로 술을 마시거나, 아끼던 물건들을 박살내버리거나, 고의적으로 비천한 언행을 일삼아 남에게 손가락질을 받거나, 별다른 해명도 없이 갑자기 측근들과의 연락을 끊어버리거나, 직장에 사표를 제출하거나, 상대를 불문하고 닥치는 대로 육체관계를 가지거나, 아무한테나 시비를 걸어 묵사발이 되도록 얻어터지거나, 농약을 먹거나, 아파트 베란다에서 거꾸로 투신해 버리거나 하는 자학 따위는 그대 육신과 영혼을 동시에 피폐하게 만들 뿐, 사랑의

고통에서 벗어날 수도 없고 사랑의 미로에서 벗어날 수도 없다.

그대에게 적합한 처방은 오직 한 가지, 다시 사랑을 시작하는 방법뿐이다.

그러나 오늘날 세인들은 너무 많은 것들을 사랑의 조건으로 생각한다. 인물이 어떠냐, 재산은 많으냐, 부모는 뭘 하시냐, 직업은 괜찮으냐, 연봉은 얼마냐, 성격은 좋으냐, 도대체 이런 것들이 사랑과 무슨 상관이란 말인가. 아무런 상관이 없다. 아무런 상관이 없는데도 세인들은 사랑 그 자체보다 사랑의 조건들을 더 중요시한다. 그러나 사랑은 정신적인 교류에 의해서 맺어지는 것이지 물질적인 교류에 의해서 맺어지는 것이 아니다.

사랑은 철저하게 내면적인 것이다. 그런데도 상대의 외형적 조건에 마음이 끌려서 사랑을 시작했다면 실패는 처음부터 예약된 결과로 보아도 무방하다. 그대가 사랑에 실패한 첫 번째 요인은 그대가 사랑의 대상을 잘못 골랐다는 점이다.

어쩌면 우리가 지금까지 진품이라고 굳게 믿었던 사랑은 진품이 아니었을지도 모른다. 사랑을 다이아몬드와 한번 비교해 보자. 한쪽은 물질적인 보석이고 한쪽은 정신적인 보석이라는 차이점을 제외하면 두 가지는 너무나 많은 공통점을 가지고 있다.

다이아몬드는 물질계에서 가장 값비싼 보석으로 세인들에게 평가되고 있다. 그것은 현란한 빛깔과 눈부신 아름다움을 간직하고 있다. 지구상에서 가장 경도(硬度)가 높은 광물로서 어떤 물질을 연마제(鍊磨製)로 사용해도 쉽사리 연마되지 않는다. 어지간한 충격과 작용을 가해도 원형을 그대로 유지하는 특성을 가지고 있다.

사랑도 마찬가지다. 사랑은 정신계에서 가장 값비싼 보석으로 성현들에게 평가되고 있다. 다이아몬드에 목숨을 거는 사람들도 많지만 사랑에 목숨을 거는 사람들도 부지기수다. 사랑 또한 현란한 빛깔과 눈부신 아

름다움을 간직하고 있다. 일단 한 번 현혹되면 어떤 무당을 불러다 푸닥
거리를 해도 빠져나올 방도가 막연하다. 이때 세인들은 눈에 콩깍지가
끼었다는 표현을 쓴다.

그리고 눈에 콩깍지가 끼이는 순간부터 사랑도 최고의 경도를 갖추게
된다. 어떤 연마제를 사용하더라도 쉽사리 연마되지 않는다. 어지간한
충격과 작용에도 쉽사리 변질되거나 파괴되지 않는다. 그래서 있는 사람
들이 결혼식을 올릴 때 영원불멸하는 사랑의 상징물로 다이아몬드를 신
부에게 바친다.

하지만,

어째서 우리들의 사랑은 초벌구이를 거치지 않은 막사발처럼 하찮은
걸림돌 몇 가지 때문에 그토록 무참히 깨어져버렸을까. 어쩌면 우리들의
사랑이 모조품은 아니었을까.

다이아몬드는 자연이 수천만 년이라는 시간을 경과해서 만들어낸 예술품이다. 고대 그리스인들은 다이아몬드를 자연의 기적이며 신의 눈물이라고 표현하기를 서슴지 않았다. 그러나 어떤 다이아몬드라 하더라도 원석 상태에서는 견고한 돌멩이에 불과할 뿐, 세공을 거치지 않고서는 결코 보석이 될 수가 없다.

그대는 알고 있는가. 일 캐럿짜리 다이아몬드 하나를 건지기 위해 약 이백오십 톤의 광석이 채굴되어야 하며 고도의 경험과 기술을 지닌 세공사들이 얼마나 많은 낮과 밤들을 피땀으로 적셔야 하는가를.

지구상에서 채굴되는 다이아몬드가 전부 값비싼 보석으로 세공되지는 않는다. 지구상에서 채굴되는 다이아몬드는 여러 단계의 공정을 거치는 동안 오십 퍼센트 이상이 보석의 가치를 상실하고 공업용 부스러기들로 전락해 버린다.

그대여.

지금까지 그대는 너무 손쉽게 사랑이라는 보석을 간직하려 들지는 않았을까. 어쩌면 지구상에서 채굴되는 다이아몬드가 오십 퍼센트 이상이 보석의 가치를 상실하고 공업용 부스러기로 전락해 버리는 현상처럼, 지구상에서 인간이 만들어내는 무수한 사랑들도 생식용, 출세용, 쾌락용 부스러기들로 전락해 버리는 것은 아닐까.

　아마도 그럴 것이다.

　아무리 그대가 엄청난 질량의 사랑을 채굴했어도 지고지순한 마음으로 자신의 내면을 세공하지 않는다면 하나님이 천국으로 그대를 인도하는 그날까지 그대는 결코 진정한 사랑을 품에 안을 수 없을 것이다.

　그렇다.

　슬프지만 예전의 그대 사랑은 미완인 채로 종결되고 말았다. 그러나 진정한 사랑은 결코 종결되지 않는다. 그렇게 쉽사리 종결되고 상처받고 절망하는 속성을 가지고 있다면, 선각자들은 무슨 억하심정으로 중생들

사랑은 고통을 느끼게 만들기는 하지만 불행을 느끼게
만들지는 않는다. 사랑은 행복과 일심동체이며 고통조
차도 감사하게 만드는 힘을 가지고 있다.

에게 첫째도 사랑, 둘째도 사랑, 셋째도 사랑이라고 동서남북으로 외치고 다녔겠는가.

옛날, 다이아몬드가 아직 가공이 불가능한 광물로 남아 있던 시절 보석상 집 딸과 젊은 세공사(細工師)가 사랑을 나누게 되었다. 물론 아름다운 딸을 가진 세상의 아버지들이 다 그러하듯 세상의 사내놈들이 전부 사윗감으로는 흡족지 않았다. 하물며 볼품없고 가난한 세공사 주제에 자신의 딸을 넘보다니 굴뚝새가 공작새에게 청혼을 하는 격이나 다름이 없었다.

그러나 세공사는 세계 제일의 세공술을 간직하고 있는 젊은이였다. 만약 청혼을 거절하면 세계 제일의 세공사를 잃어버릴 국면이고, 만약 청혼을 허락하면 자신이 애지중지 길러온 무남독녀를 잃어버릴 국면이었다. 보석상 집 주인은 심사숙고 끝에 세공사에게 한 가지 조건을 내걸었다.

다이아몬드를 갈아라. 다이아몬드를 갈아서 보석으로 만들 수만 있다면 딸을 주겠다.

보석상 집 주인은 만약 지구상에서 가장 강한 다이아몬드를 갈아서 보석으로 만들어낼 수만 있다면 자신이 세계 제일의 부자가 될 수 있다는 계산을 하고 있었다.

세공사는 그날부터 만사를 젖혀놓고 다이아몬드를 세공하는 일에만 몰두했다. 그러나 다이아몬드는 강철보다 두 배나 강한 경도를 가진 광물, 지구상에서는 그것을 깎아낼 물질도 없었고 기술도 없었다. 그러나 세공사는 포기하지 않았다. 그는 무려 사십 년이라는 세월을 다이아몬드와 씨름한 끝에 마침내 다이아몬드를 깎아낼 수 있는 물질을 발견하고야 말았다.

다이아몬드는 다이아몬드로 깎아낸다.

얼마나 명쾌한 깨달음인가. 그때까지 보석상 집 주인의 딸은 순결을 지키면서 세공사를 기다리고 있었다. 물론 사십 년이 지났으니 할머니가 다 되어 있었겠지.

그녀의 아버지가 그때까지 살아 있었는지 또는 죽었는지 나도 들은 풍월이 없어서 잘은 모르겠지만 아무튼 두 사람은 남은 여생을 행복하게 살았다는 전설이 있다. 믿거나 말거나 다이아몬드에는 그런 전설이 따라다니고 있다.

그렇다.

사랑은 그런 것이다.

한 여자를 위해서라면 비록 지구상에서 경도가 가장 높다는 다이아몬드라도 온 생애를 다 바쳐 마침내 깎아내고야 말겠다는 의지와 인내, 그리고 그것을 믿고 사십 년 동안을 기꺼이 기다릴 줄 아는 지조와 절개가 있어야 한다.

사흘 만에 이루어지는 사랑을 어찌 사랑이라 말하겠으며, 사십 일 만에 헤어지는 사랑을 어찌 사랑이라 말할 수 있겠는가. 결혼을 하고서도 미처 사 년도 넘기지 못하고 이혼을 생각하고 위자료를 생각하고 양육권을 생각하는 오늘날의 가증스러운 사랑이여.

믿거나 말거나 다이아몬드는 다이아몬드로 깎고 다듬는다. 또한 믿거나 말거나 사랑은 사랑으로 깎고 다듬는다. 우리가 사랑에 실패하는 이유는 오직 한 가지뿐이다. 사랑을 사랑으로 깎고 다듬지 않았기 때문이다.

하지만 그대여.

그대는 지금 내게서 비법 하나를 전해 들었다. 사랑은 누구나 손쉽게 다룰 수 있는 고무찰흙이 아니다. 사랑은 다이아몬드 같은 것이다. 적어도 자신의 일생을 다 바칠 각오로 그것을 구하고 실천하는 자에게만 진정한 가치와 아름다움을 드러내 보이는 것이다.

어쩌면 그대는 지금까지 고무찰흙을 주물러서 다이아몬드가 되기를 기대하고 있었는지도 모른다. 그러나 하나님께서 갑자기 정신착란을 일으키시기 전에는 결코 그런 기적이 일어날 수가 없다.

자, 그대여.

지금부터 새로운 각오로 다시 사랑을 시작하자. 집착과 욕망, 편견과 아집, 시기와 질투, 불신과 의혹, 그리고 무수한 사랑의 모조품들이 조잡한 거래를 일삼는 세속의 저잣거리, 거기서 만난 인연과 추억들은 그것들대로 아름답다 생각하자. 아름답다 생각하고 젊은 날의 일기첩에 마른 꽃잎으로 끼워두자. 그리고 이제는 초연히 길을 나서자.

이 세상 어딘가에서 사십 년, 아니 사천 년이라도 그대 진실하고 숭고한 사랑을 기다리고 있을 그 누군가를 찾아서.

작가 노트 3

오늘도 연속극을 보면서
작중인물 때문에
울거나
웃거나
저 썩을 놈이 또 지랄을 하는구나
탄식을 뱉어내면서
이따금 눈물까지 훔치는 마누라
남편은 몇 년째 원고지 속으로 들어가
돌아오지 않고

통속한 시대

시가 밥이 되지 못하는 설움 속에서

연속극보다 몇 배나 기구했던 날들

모조리 망각의 동굴 속에 깊이 파묻고

행여 남편의 초라한 이름 석 자를 기억해서

손님이라도 찾아오면

환하게 반겨주는 마누라

나이 들어갈수록 눈부시구나.

생각과 마음의 차이를 알고 있는가. 생각은 뇌안의 범
주에 속해 있고 마음은 심안의 범주에 속해 있다. 대상
과 내가 이분되면 생각이고 대상과 내가 합일되면 마음
이다.

'오리'와 '우리'

─왕따로 고민하는 그대에게

본문으로 들어가기 전에 우리 모두가 알고 있는 안데르센의 『미운 오리 새끼』라는 동화 한 편을 상기해 보자. 초장부터 안데르센도 모르고 『미운 오리 새끼』도 모른다고 어깃장을 때리는 분이 계신다면, 일단 어디를 가시든 왕따를 당할 소지가 다분하신 분으로 분류될 수도 있겠다.

안데르센은 네덜란드 출신의 축구 선수이고 합숙소에서 오리 새끼 한 마리를 애완용으로 키우고 있으며, 그 때문에 다른 선수들로부터 왕따를 당하고 있다는 기사를 신문에서 읽었노라고 쩝, 박 터지게 우기는 분이 계신다면 역시 어디를 가시든 왕따를 당할 소지가 다분하신 분으로 분류될 가능성이 높다 하겠다.

『미운 오리 새끼』는 동화책이므로 대부분 유년 시절에 읽으셨겠지만 대단히 재미있고 콧날이 시큰할 정도로 감동적이어서 읽어본 사람이면 누구나 줄거리 정도는 대충 기억하고 있을 것이다.

『미운 오리 새끼』는 1840년경에 쓰여진 동화다. 오, 안데르센의 놀라운 예지력이여. 이미 160여 년 전에 인간 세상에 왕따가 생길 것을 미리 예상하여 『미운 오리 새끼』를 집필하셨다니. 세상의 모든 왕따들이여, 어찌 머리 조아려 경배 드리지 않으랴.

『미운 오리 새끼』처럼 완전무결한 왕따들의 지침서는 아직 이 지구상에 존재한 적이 없었다. 그러나 안타깝도다. 어쩌면 왕따를 당하고 있는 사람이나 왕따를 행하고 있는 사람이나 또 왕따를 묵인하고 있는 사람들은 안데르센의 『미운 오리 새끼』를 읽어본 적이 없는지도 모르겠다.

설사 읽어보았다고 하더라도 검은색은 글씨였고 흰색은 종이였을 걸, 하는 정도로만 기억하고 있는지도 모르겠다. 만약 안데르센의 동화를 읽은 사람들이 그때의 감동을 그대로 기억하고 있다면 왕따를 자처하거나 행하거나 저대로 방치해 둘 까닭이 없을 것이기 때문이다.

왕따는, 왕창 따돌린다는 말을 축약한 단어로 추정된다. 왕창이라는 부사어는 한꺼번에 다량으로라는 뜻으로 활용되고 있다. 왕따는 국어사

전에도 없는 신조어다. 물론 예전에도 따돌림은 있었다. 그러나 무슨 작당을 꾸밀 때 성분이 다른 사람을 제외시키는 정도가 고작이었다. 오늘날처럼 직장이나 학교나 단체에서 야비하고 잔인하고 공격적인 방법으로 한 사람의 동료를 지목해서 무한정 따돌리는 경우는 없었다.

오늘날은 잘난 체해도 왕따를 당하고 못난 체해도 왕따를 당한다. 그렇다면 말뚝처럼 가만히 있으라는 말인가. 하지만 말뚝처럼 가만히 있어도 말뚝처럼 가만히 있는 놈이라고 왕따를 당한다. 그런 상황이라면 왕따를 피할 방법이 없지 않은가. 그렇다, 일단 동료들로부터 배척 대상으로 지목되면 이유여하를 불문하고 그리고 수단과 방법을 가리지 않고 왕따를 시켜버리니까 피할 도리가 없다.

모든 존재는 존재한다는 사실 하나만으로도 충분한 가치를 지니거늘 날이면 날마다 서로 얼굴을 맞대고 살아가는 동료들로부터 노골적으로 왕따를 당한다고 생각해 보라. 인간으로서는 참으로 견디기 힘든 형벌일 것이다.

시간의 강물 가득히 비가 내리고 있습니다. 내 젊은 날의 환영 하나가 남루한 차림새로 담벼락에 이마를 기댄 채 오열을 참아내고 있습니다. 모두들 나를 버리고 어디로 멀리 떠나버렸을까요. 세상은 텅 비어 있고 빗소리만 자욱합니다.

그대여.

지금 그대는 자신을 수많은 오리들 틈에 섞여 있는 한 마리 백조라고 생각하는가. 아니다. 수많은 오리들은 반대로 자신들을 수많은 백조들로 생각하고 그대를 한 마리 오리로 생각할지도 모른다. 하지만 백조면 어떠하고 오리면 어떠한가. 어차피 같은 하늘 아래서 같은 물에 발을 담그고 살아가는 목숨들인 것을.

안쓰럽구나 그대여. 나는 먼저 마음의 담요 한 장을 꺼내 그대의 시린 어깨부터 감싸주고 싶다. 그리고 그대의 남과 다른 생각, 남과 다른 행동에 조화의 묘를 더하는 방법을 가르쳐주고 싶다.

나는 먼저 역사적인 왕따 두 명을 그대의 정신적 보디가드로 소개하겠다. 정중하게 인사를 나누도록 하여라. 이분들은 에디슨과 아인슈타인이다. 나는 이분들이 인류를 위해서 어떤 치적을 남겼는가를 그리고 이분들의 내공이 어느 정도인가를 이 자리에서 군이 열거할 필요성을 느끼지 않는다. 다만 이분들이 마흔 살이 넘도록 왕따를 당하면서 살았다는 사실만 그대에게 넌지시 귀띔해 주고 싶다.

남과 다르다는 것은 분명 외로운 것이다. 그러나 남과 다르다는 것이 그대의 존재 가치를 격하시킬 만한 이유가 될 수는 없다. 누구든지 내 말에 이의를 제기하고 싶다면 먼저 에디슨과 아인슈타인의 외로운 생애들을 참조해 주시기 바란다.

모든 인간들은 각기 다른 부모를 매개체로 각기 다른 시공에서 태어났다. 성장 과정도 다르고 체험 영역도 다르다. 그러니까 각자가 생각과 행동이 다를 수밖에 없다. 그런데도 대부분의 집단들은 구성원 모두가 하나의 빵틀로 찍어낸 붕어빵처럼 똑같기를 종용한다.

하나님은 유일신 그대로 하나지만 인간이 만들어낸 종파는 통계가 잡히지 않을 정도로 산재해 있다. 그리고 서로가 다르면서 서로가 똑같기를 하나님의 이름으로 종용한다. 그리고 끊임없이 극렬한 싸움을 일삼는다.

인간은 최악의 모순 덩어리다. 똑같지 않아야만 정상인데도 똑같지 않으면 안달을 하는 특질을 나타내 보인다. 하지만 왕따를 당하는 사람에게도 문제는 있다. 남들이 다 잘난 체하고 있을 때 자기만 혼자 못난 체하고 있으면 왕따를 자청하는 처사나 다름이 없다. 반대로 남들이 다 못난 체하고 있을 때 자기만 혼자 잘난 체하고 있으면 그것 역시 왕따를 시켜 달라는 시위나 다름이 없다.

대부분의 왕따는 특이성에서 비롯된다. 어떤 직장이나 단체의 일반 구성원들과 전혀 다른 생각이나 행동을 나타내 보이는 사람은 오리들 틈에 섞여 있는 백조다. 왕따를 당할 가능성이 높다는 이야기다. 모난 돌이 정 맞는다는 속담이 있다. 너무 튀면 왕따를 당한다는 말과 다르지 않다.

한국 사람들은 인칭 대명사를 사용할 때 '나'라는 일인칭 단수보다는 '우리'라는 일인칭 복수를 훨씬 더 많이 사용한다. 심지어는 법적으로 보장된 자신의 아내를 표현할 때도 '우리 마누라'라고 표현한다. 외국 사람

누군가 그대에게 진정한 사랑을 드린다면, 그대는 그것
을 진정한 사랑으로 간파하실 만한 능력이 있으신가.

이 들으면 마누라를 공용으로 인식할 소지가 다분하다.

'우리'라는 말은 울타리라는 의미로도 쓰인다. 울타리는 한 가족을 구분하고 보호하는 경계다. 그래서 '우리'라는 말 속에서는 한없는 정겨움이 내포되어 있다.

왕따는 '우리' 중의 누군가를 '오리'로 만들어 '우리'를 구분하고 보호하는 울타리 밖으로 냉정하게 쫓아내버리는 일이다. '우리'는 쫓겨난 '오리'를 보면서 쾌감을 느낄지도 모르지만 분명히 그것은 일종의 집단 폭행이다. 누구든 직접 당해보면 얼마나 야비하고 가혹한 형벌인가를 알게 될 것이다.

저 광대무변한 우주를 통틀어 자신이 가장 완전무결한 존재라고 주장할 수 있는 인간은 아무도 없을 것이다. 낙락장송 하나만으로는 결코 산이 되지 않는다. 흙더미와 바위들, 잡목과 가시덤불, 짐승들과 조수들, 벌레들과 산신령, 그런 것들이 모두 모여서 저 아름답고 웅장한 산을 이루는 것이다.

소나무는 휘어서 아름다움을 더하고 낙엽송은 곧아서 아름다움을 더한다. 인간이 살아가는 사회를 하나의 산이라고 생각해 보라. 때로는 소나무는 휘어서 아름다움을 저해하고 낙엽송은 곧아서 아름다움을 저해한다는 생각으로 모조리 뽑아버려야 직성이 풀리는 인간들이 있다.

같은 인간으로서 남의 결점에 그토록 관대하지 못한 이유는 무엇일까. 자기 눈에 들어 있는 대들보는 보이지 않고 남의 눈에 들어 있는 티검불만 보이기 때문이 아닐까. 그래서 소크라테스라는 영감님은 후손들의 경거망동을 미리 예견하시고 니 꼬라지를 알라는 명언을 남기셨다.

인간들은 어떤 대상을 판단할 때 지극히 개인적인 지각의 액자를 벗어나지 못하고 자신이 목격한 부분과 순간을 전체와 영원으로 착각한다. 간단하게 말하자면 과거와 현재와 미래를 총체적으로 직관할 능력이 없으면서 현재 자신이 판단한 사실을 지나치게 신뢰한다.

하지만 우주는 끊임없이 변화한다. 그대의 육신을 구성하고 있는 물질적 요소들도 영구불변하는 것들이 아니다. 6년만 경과해도 모조리 새것들로 교체된다. 하물며 시공의 장애를 받지 않는 정신적 요소들은 얼마나 빨리 변화하겠는가. 해병대 출신들이 군번줄보다 자랑스럽게 생각하는 한 번 해병은 영원한 해병이라는 말은 아무리 생각해도 멋진 말이다.

그러나 안데르센의 『미운 오리 새끼』에 의하면 한 번 오리는 영원한 오리가 아니다. 언젠가는 날개가 눈부신 백조가 되어 저 푸른 하늘로 힘차게 날아오를지도 모른다.

『화엄경』에 의하면 일천겁동종선근(一千怯同種善根)으로 일국동출(一國同出)의 인연을 가진다. 불교에서는 천지가 한 번 개벽하고 다음 개벽할 때까지를 일 겁이라고 한다. 우리가 한 나라에 같이 태어나는 인연도 일천 번의 천지개벽을 거쳐서야 얻어내는 인연이다.

그토록 소중한 인연을 어찌 소매 끝에 묻은 티검불처럼 가볍게 떨쳐버릴 수가 있으랴. 왕따를 당하는 사람도 왕따를 행하는 사람도 '우리'가

얼마나 눈물겹도록 아름다운 '우리'인가를 깨닫는 날이 오기를 나는 빌겠다.

그렇다, 백조면 어떠하고 오리면 어떠한가. 어차피 같은 하늘 아래서 같은 물에 발을 담그고 살아가는 목숨들, 서로 이해하고 사랑하면 그만인 것을.

작가 노트 4

젊었을 때
내가 자신들과 살아가는 방식이 다르다고
비웃거나 힐난하는 사람들이 많았다.
그들은 대부분
비행기에는 반드시 날개가 있어야 하고
자동차에는 반드시 바퀴가 있어야 한다는 믿음을
절대로 버리지 못하는 부류들이었다.

내가 그들에게

장대 끝에서 한 걸음 더 나아가라는 법문을 들려주면

그들은 어김없이

'다리가 부러지고 싶으면 무슨 짓을 못 하겠냐'

라는 식의 답변으로 응수했다.

그래서 그들은 수십 년이 지난 지금까지도

장대 중간에 위태롭게 앉아 있다.

그것이 곧 인생이라고 생각하면서.

2장

사랑받을 수 있는 것은 모두 아픔을 느낀다

아, 돌아보면 눈물겨워라. 마음을 비우기 전에 내장이
먼저 비어 있었던 내 젊은 날.

인생의 다섯 단계

—그대는 백수다, 백수는 아름답다

그대여.

불어터진 자유, 불어터진 시간을 파먹으면서 오늘 하루도 약간은 참담하고 약간은 암울한 기분으로, 뒹굴뒹굴 하루를 잘 굴리셨는가.

그대는 먹이를 포식한 봄날의 코알라. 정오의 햇빛 속에 졸고 있는 칠면조. 빈둥빈둥. 오, 만고강산에 나른하고도 권태로운 그대 인생의 중심부. 그런데도 그대는 행복하지 않은 표징이다.

그대를 지금까지 공짜로 먹여주고 재워주고 입혀주신 부모님들은 갈수록 주름살이 깊어가는데 사대육신이 멀쩡한 놈이 자알 헌다, 자알 허는 짓이다. 그대 자존심을 생각해서 겉으로는 발설하지 못하시지만 속으로는 한심한 시키, 라고 혀를 차실 것이다.

하지만 그대여. 야속하게 생각지 말라. 그대를 지금까지 먹여주고 재워주고 입혀주신 부모님으로서는 응당 그럴 수밖에 없지 않은가.

그대여.

앉으면 암울하고 누우면 참혹하리라. 눈을 뜨면 초조하고, 눈을 감으면 불안하리라. 동쪽으로 가도 귀인을 만나지 못하고 서쪽으로 가도 귀인을 만나지 못하리라. 사면초가(四面楚歌). 그러나 하늘이 무너져도 솟아날 구멍은 있도다.

본좌에게 허심탄회하게 물어보시라. 도대체 이럴 때는 어떻게 해야 하느냐고. 본좌는 일찍이 초대 국제백수연합(國際白手聯合) 총회장을 역임하고 세계백수자활대책위원회(世界白手自活對策委員會) 위원장을 거쳐 현재는 사단법인(社團法人) 백자방협(白自防協 · 백수자살방지협회) 이사장, 인터내셔널 화이트 핸드 그룹(International White Hand Group) 총수 등의 중책을 맡아 눈부신 활약을 펼치고 있으며, 쓰면 작가 안 쓰면 백수로서의 양다리 인생을 개척하여 절망에 빠져 있는 모든 백수들에게 희망을 무료로 공급하고 있는 인물이다.

어느 기업 총수는 말했다. 세계는 넓고 할 일은 많다고. 젠장, 세계가 넓은들 그대와 무슨 상관이며 할 일이 많은들 그대와 무슨 상관인가. 그대는 백수일 뿐, 아무리 눈을 씻고 찾아보아도 그대가 비집고 들어갈 자리가 없는데 한숨은 갈수록 늘어가고 지갑은 갈수록 줄어드는데 어쩌자고 햇살은 저리도 눈부시며 어쩌자고 꽃들은 저리도 화사한가.

잔인하다 세월이여. 동서남북 분주하게 이력서를 던졌건만 종무소식. 쥐구멍에도 볕들 날이 있다는 속담도 이제는 단물이 다 빠져버린 츄잉껌이 되었다.

하지만 그대여 서두르지 말라.

멀고도 험난한 인생길, 엎어진 김에 쉬어갈 수도 있지 않은가. 백수는 젊은 날 한 번쯤은 겪어야 할 황금의 터널. 백수를 경험하지 않은 젊음을 어찌 진정한 젊음이라 일컬을 수 있으랴.

차라리 나는 그대가 자랑스럽다.

그대는 아직 길들여진 사회적 동물로 전락하지 않았으며 그대는 아직 덜미 잡힌 연봉의 노예로 전락하지 않았다. 젊은 날 아무 망설임도 없이 그저 입에 풀칠이나 한다는 명분으로 취직부터 하고 보는 젊음은 싱그러울 수도 없고 아름다울 수도 없다. 성급한 결정 한 번으로 꺾어진 젊음, 어쩌면 한평생 날밤을 새우면서 서류를 정리하고 어쩌면 한평생 허리를 굽신거리면서 아부를 떨어야 할지도 모른다. 현실적으로 얼마나 많은 사람들이 그렇게 살고 있는가.

비록 세상은 넓고 할 일이 많다고는 하지만 그대의 직업은 그대의 인생 자체이면서 그대의 행복 자체가 되어야 한다. 둥지를 자주 바꾸는 새는 깃털이 많이 빠지고, 깃털이 많이 빠지는 새는 먼 하늘을 날지 못한다. 가급적이면 한자리에서 한 가지 일에 평생을 바치면서 행복감을 느낄 수만 있다면 인생의 절반은 성공이다. 나머지 절반은 실력 연마와 마음공부가 결정하는 것이니, 그대 마음 바깥에 있는 사람이나 사물들을 모두 그대 마음 안으로 불러들이고 나보다 잘난 점들이 있다면 고개 숙

아무나 죽어서 꽃이 될 수 있는 것은 아니다. 살아서 가슴 안에 한 송이 꽃이라도 피운 적이 없는 사람은 그저 죽어서 한줌 흙이 되는 것으로도 감지덕지할 일이다.

여 배우기를 서슴지 말고 나보다 못난 점들이 있다면 끌어안아 감싸기를 서슴지 말라.

그대가 남들을 얼마나 사랑하고 남들이 그대를 얼마나 사랑하는지에 따라 행복의 질량이 달라지며 인생의 심도가 달라지노라. 그토록 중차대한 일을 어찌 쉽사리 결정할 수가 있겠으며 어찌 쉽사리 얻어낼 수가 있겠는가. 부디 서두르지 말라. 지금 그대는 충분히 심사숙고할 기회를 얻은 것이다.

그런데도 오늘날의 젊은이들을 보라. 그토록 중차대한 직업을 너무나 쉽사리 결정하고 너무나 쉽사리 얻고자 한다. 그리고 그것을 현명한 처사라고 생각한다. 재력 있는 회사에 끗발 좋은 직책을 가진 사람일수록 자만심은 비대해진다. 그러나 갈수록 타성에 젖어들어 젊은 날의 포부는 순식간에 퇴락하고 오로지 진급만이 희망이요, 오로지 출세만이 행복이 된다.

양심 같은 건 얼마든지 팔다리를 분질러버릴 수 있고, 도덕 같은 건 얼마든지 모가지를 비틀어버릴 수 있다. 하지만 그들은 현실에 철저하게 포섭되어 자신의 영혼이 죽고 자신의 인생이 부패하고 있음을 자각하지 못한다.

자알 먹고 자알 살아라. 양심과 도덕을 폭행하고 영혼과 인생을 살해한 장본인들에게 가장 잘 어울리는 축복의 말이다. 그들이 그것을 원했으므로.

그대여.

우리는 직업에 귀천이 없다는 말을 자주 듣는다. 그러나 현실 속에서는 엄연히 직업에 귀천이 있는 것으로 간주되고 있다. 돈을 많이 벌면 무조건 귀한 직업이고, 돈을 적게 벌면 무조건 천한 직업으로 취급 받는다.

하지만 과연 그럴까. 남에게 해를 끼치면서 돈을 많이 버는 직업도 귀한 직업일까. 남이야 어떤 고통을 당하더라도 전혀 개의치 않고 오로지 자신의 이익만을 도모하는 직업. 사리사욕, 탐관오리, 부정축재, 세금포

탈, 직권남용, 온갖 비리의 구더기들이 득시글거리는 직업. 그런 직업도 돈만 많이 벌 수 있다면 귀한 직업일까. 그렇다고 생각하는 사람이 있다면 인간 실격이다. 당장 동물농장으로 달려가 동물들하고 가족 사진 한 판 찍어도 무방하다.

그대여.

나는 그대가 아무 생각 없이 동물가족들의 하수인이 되어 자신도 모르게 세상을 망치는 일에 일조하지 않기를 진심으로 기도한다. 그대는 지금까지 가슴에 양심을 촛불처럼 밝히고 때가 오기만을 간절히 기다리고 있었다. 예언하노니 머지 않은 장래에 반드시 그대의 역량에 걸맞는 존귀하고도 보람 있는 직업을 만나게 될 것이다. 존귀하고 보람 있는 직업에 평생을 바치는 인생은 또한 얼마나 눈물겹고 아름다운가.

십대는 무한히 꿈꾸는 시기이므로 다몽기(多夢期)라 한다. 남을 해롭게 하는 꿈이 아니라면 무슨 꿈을 꾸더라도 탓하지 말라.

  이십대는 꿈을 하나만 선택하는 시기이므로 선몽기(選夢期)라 한다. 그러나 이십대에도 산을 보면 알피니스트가 되고 싶고, 하늘을 보면 파일럿이 되고 싶고, 바다를 보면 마도로스가 되고 싶은 사람들이 있다. 축구 경기를 보면 축구 선수가 되고 싶고 골프 경기를 보면 골프 선수가 되고 싶고 야구 경기를 보면 야구 선수가 되고 싶은 사람들이 있다.

  자신의 재능에 비추어 실현이 불가능한 꿈은 분명히 개꿈이다. 갈피를 못 잡고 허구한 날 개꿈과 개꿈 사이를 오가는 사람들은 비교적 오래 백수로 살아야 할 확률이 높다. 거듭 말하거니와 이십대에는 가급적이면 잡다한 꿈들을 모두 버리고 오로지 한 가지 꿈에 순정을 바칠 결심을 하라.

  평생을 바쳐도 아깝지 않은 꿈, 그대와 연관된 모든 사람들을 행복하게 만드는 꿈, 그러한 꿈 하나를 찾을 수만 있다면 그대의 이십대는 그것으로 크나큰 가치를 인정받을 수 있다.

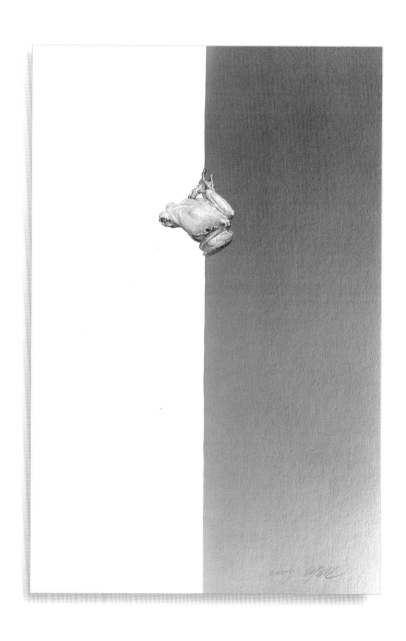

삼십대는 꿈을 실현하기 위해서 분골쇄신 정진하는 시기이므로 연마기(鍊磨期)라 한다. 뼈를 깎는 아픔으로 실력을 연마하는 시기이니 어떤 시련과 고통이 닥치더라도 중단하거나 포기하지 말라. 신은 모든 인간에게 스물네 시간을 공평하게 나누어주셨지만, 어리석은 사람은 열여덟 시간으로 쓰고 현명한 사람은 스물여덟 시간으로 쓴다. 이러한 시간의 차이는 잠에서 비롯된다.

연마기에는 잠을 줄여야 한다. 그대가 하루 두 시간 잠을 줄이면 그대의 하루는 스물여섯 시간이 되고, 그대가 하루 네 시간 잠을 줄이면 그대의 하루는 스물여덟 시간이 된다. 남보다 두세 시간 잠을 줄이고 실력을 연마한 성과가 단시일에 나타나기를 기다리지 말라. 서두름은 포기와 실패를 부르기 십상이다.

적어도 연마 기간이 십 년은 지나야 자기 분야에서 촉망받는 인재로 부각될 수 있는 법이다. 십 년이 길다고 시작도 하기 전에 무릎을 꿇지 말라. 시간은 나이가 들어갈수록 흐르는 속도가 빨라진다. 그대가 고작

십 년을 투자하고 다가올 한평생을 아름답고 풍족하고 자유롭고 행복하게 살아갈 수만 있다면, 아무리 계산이 어두운 사람이라도 절대 밑지는 장사가 아님을 알 것이다.

그대가 비록 나이가 많은 백수라 하더라도 포기하지 말고 정진하라. 지금부터라도 단 하나의 꿈을 선택하고 잠을 줄이면서 의지력과 집중력을 고양시켜 꾸준히 실력을 연마하라. 현대 사회는 실력이 절대적인 성공의 조건이다.

사십대는 실력을 펼치는 시기이므로 용비기(龍飛期)라 한다. 그대가 꾸준히 실력을 연마했다면 이무기가 용으로 화해 하늘에 오르는 기상을 얻을 것이다.

그러나 탐욕을 멀리 하라. 불로소득은 언제나 비리를 불러들이나니 종국에는 그대를 불행의 구렁텅이로 몰아갈 것이다. 그대가 삼십대에 잠을 줄이면서 실력을 연마한 결과는 용비기에 비로소 눈부신 빛을 발할 것이다.

오십대부터 남은 인생 전부를 노니는 시기라 하여 풍류기(風流期)라 이른다. 꿈을 실현한 사람은 노년기를 풍족하고 행복한 마음으로 보낼 수 있으되, 어쩌다 그대의 부모님이 아직도 노닐지 못하는 노년기를 보내고 계신다면, 그대의 책임 또한 적지 않으니 아직 젊음이 남아 있을 때 쾌락과 허영을 멀리 하고 기꺼이 인내와 고통을 감내하라.

　백수는 직업을 잃어버린 사람이 아니라 직업을 선별하고 있는 사람이다.

　그대여.

　두 손을 모아 간절하고도 간절한 마음으로 그대를 위해 기도하나니, 백수, 그 무한 가능성을 내포하고 있는 이름 위에 부디 하나님의 찬란하고 아름다운 축복이 있으라.

왜 사람들은 행복을 잡기 위해서라고 말하면서 한사코
행복의 반대편으로만 손을 내미는 것일까요.

작가 노트 5

내 젊음은
막걸리 사발에 빠져 허우적거리는 파리 같았어.
허구한 날을 술에 절어서 비틀거렸지.
희망 같은 건 아예 없었어.

암울한 70년대 춘천시 석사동 목로주점
썩어 문드러진 세상을 구운 오징어처럼 발기발기 찢어서
질겅질겅 씹어 삼키던

차라리 행려병자로 떠돌다 객사하는 한이 있더라도
양심을 똥통에 처박고 살지는 않겠노라고
큰소리치던
친구놈들

지금은 모두 어디서 무엇을 하고 있을까.
이 새벽 나처럼 잠 못 들고 그때를 생각하고 있을까.

어느새 귀밑머리에 무서리 내리고
나는 천식에 시달리다 급기야
그토록 좋아하던 술도 끊고 담배도 끊어버렸지만

그래도 굳건히 남아 있는 자부심 하나
이 나이까지 아직 한 번도 인생을 배반하지는 않았다네.

당신의 아버지는 어쩌다 밥상에 올라온 날계란 한 개를 통닭 한 마리와 맞먹는 부귀영화로 생각하면서 밥을 먹던 시절도 있었습니다. 그런데 젊은이, 허리가 휘도록 일해 본 적도 없으면서 카페에 등을 젖히고 앉아 한 잔에 삼만 원씩 하는 커피를 홀짝거리고 있으면 도대체 어떤 기분이 드시나요.

악어새가 악어를 잡는 날

—세상의 나쁜 놈들을 없애는 방법

그대여.

세상을 둘러보라. 세상에는 온갖 나쁜 놈들이 판을 치고 있다. 천지만물을 창조하신 하나님께서도 미운 놈 떡 하나 더 주라는 우리 속담을 썩 괜찮다고 생각하시는 것일까. 세상을 둘러보면 나쁜 놈들이 돈을 더 많이 벌고, 나쁜 놈들이 더 높은 자리를 차지하고, 나쁜 놈들이 더 요란하게 활개를 친다.

심지어는 나쁜 놈들과 결탁하지 않으면 목구멍에 풀칠조차하기 어려운 세상이 오고야 말았다. 가치관의 혼란도 극에 달해 있다. 공자가 죽어야 나라가 산다고 주장하는 학자도 있다.

자본주의 국가에서는 흥부같이 경제력이 없는 인간이 나쁜 놈이고, 놀부같이 경제력이 있는 인간이 좋은 놈이라고 주장하는 학자도 있다. 나는 아무리 생각해도 그런 논리는 쩝이다.

자본주의 국가에서는 재산이 곧 인품을 대신한다. 단지 재산이 많다는 이유 하나로 놀부 같은 인간이 흥부 같은 인간보다 몇 배나 융숭한 사회적 대접을 받고 살아간다. 어처구니없게도 그것이 실제 상황이다.

거참, 아무리 눈을 똑바로 뜨고 살펴보아도 세상은 분명히 거꾸로 돌아가고 있다.

거꾸로 돌아가는 세상에서는 똑바로 살아가는 사람들이 사회 부적응자로 분류된다. 강도와 강간, 사기와 절도, 폭행과 살인. 우리는 범죄의 숲속에서 살고 있다. 숲속에는 날마다 각양각색의 악마들이 득시글거린다. 집에 있어도 불안하고 밖에 나가도 불안하다.

그대여.

오늘 하루도 무사했는가. 텔레비전에서도 신문에서도 날마다 나쁜 놈들이 저지른 범죄를 보도한다. 괴한들이 휘두른 회칼에 상처를 입고 병원 응급실에서 치료 중이던 삼강오륜(三綱五倫)이 지난 밤 숨을 거두고 말았다는 소식. 곁에서 이를 말리던 인륜지도(人倫之道) 역시 머리통에

각목을 얻어맞고 병원 응급실에서 치료 중이지만 목숨이 위태롭다는 소식. 날마다 이런 소식을 접하면서 어찌 맨정신으로 살아갈 수가 있으랴.

그래서 대한민국 국민들은 무식할 정도로 폭주를 일삼는다. 나쁜 놈들 때문에 국민들의 수명까지 단축되는 것이다.

하지만 그대여.

나쁜 놈들은 무엇 때문에 나쁜 놈들이 되는 것일까. 그리고 정부가 범죄와의 전쟁을 몇 번씩이나 선포했는데도 어째서 나쁜 놈들을 완전무결하게 소탕해 버렸다는 소식은 들리지 않는 것일까.

그대여.

정치가들은 대부분 유년 시절을 양치기 소년과 같은 마을에서 보냈거나 양치기 소년을 가르치던 스승 밑에서 윤리 과목을 이수한 경력을 가지고 있는지도 모른다. 선거 전에는 상습적으로 공약(公約)을 남발하고,

선거 후에는 상투적으로 공약(空約)을 남발한다. 때로는 나쁜 놈들을 이용하는 정치가들도 있고 때로는 나쁜 놈들을 비호하는 정치가들도 있다.

그런데도 정치가들이 나쁜 놈들을 일망타진하는 날이 오기를 기대한다면 인생이 너무 슬퍼진다. 천지개벽을 하는 날이 골백번 도래해도 악어새가 악어를 모조리 잡아먹는 날은 도래하지 않는다.

그대여.

이제는 나를 따르라. 지피지기(知彼知己)면 백전불태(百戰不殆)라. 나는 오랜 세월을 나쁜 놈들의 속성에 대해 깊이 생각했노라.

출동이다 그대여. 비록 우리가 빨간 망토를 입고 자유자재로 하늘을 날아다닐 수 있는 능력은 없어도, 비록 우리가 손바닥으로 거미줄을 발사해서 고층 빌딩을 민첩하게 기어오를 수 있는 능력은 없어도, 우리가 살고 있는 이 세상을 평화롭고 아름답게 만들고 싶어하는 소망은 있다.

그대여.

소망의 위대함을 믿으라. 내가 잘 되기를 바라는 마음에서 비롯된 오물이 욕망이라면 남이 잘 되기를 바라는 마음에서 비롯된 연꽃이 소망이리니, 욕망은 인간의 범주에 머물러 세상을 몰락으로 인도하고 소망은 하늘의 범주에 도달해 세상을 구원으로 인도한다.

그대여, 지금부터 소망하라. 우리가 소망의 위대함으로 나쁜 놈들을 일망타진하고 소망의 위대함으로 우리가 살고 있는 이 세상을, 진실로 평화롭고 아름답게 만들 수 있기를 그대여, 소망하고 또 소망하라.

하지만 도대체 어떤 놈들이 나쁜 놈들인가를 알아야 소망의 첫발을 내디딜 것이 아닌가. 우리가 아무리 소망의 위대함을 믿는다고 하더라도 나쁜 놈들의 실체를 모르면 일망타진은 그대로 허울 좋은 공염불이 되고 만다. 어떤 나쁜 놈이라도 자기가 '나쁜 놈'이라고 면상에 표식을 써붙이고 다니는 나쁜 놈은 이 세상 어디에도 존재하지 않는다.

그대여. 유념하라.

나는 지금부터 그대에게 먼저 어떤 놈들이 진짜 나쁜 놈들인지를 가르쳐주겠다. 무슨 절차가 그리 복잡하냐고 태클을 걸지 말라. 우리가 살고 있는 이 세상을 진실로 평화롭고 아름답게 만들자면 이 정도의 번잡한 절차쯤은 기꺼이 감내할 수 있어야 한다.

우리는 흔히 국정교과서에서 제시하는 도덕 기준에 따라 나쁜 놈과 좋은 놈을 정의한다. 그러나 사실, 완벽하게 나쁜 놈도 존재하지 않고 완벽하게 좋은 놈도 존재하지 않는다. 예를 들자면 매운 음식을 좋아하는 사람에게는 고추가 좋은 놈으로 평가될 것이고, 매운 음식을 싫어하는 사람에게는 고추가 나쁜 놈으로 평가될 것이다.

인간도 별반 다르지 않다. 내가 알기로는 나쁜 놈이 분명한데 남이 알기로는 좋은 놈이 분명할 수도 있다. 모두에게 좋은 놈으로 평가되는 놈이 나에게는 나쁜 놈으로 평가될 수도 있고, 모두에게 나쁜 놈으로 평가

되는 놈이 나에게는 좋은 놈으로 평가될 수도 있다.

그렇다면 나쁜 놈도 없고 좋은 놈도 없단 말인가. 미각에 따라 감고(甘苦)가 달라질 뿐이고 시각에 따라 선악(善惡)이 달라질 뿐이란 말인가.

아니다. 세상에는 딱 한 가지 종류의 나쁜 놈이 존재한다.

그것은 바로 '나뿐인 놈'이다. 나뿐인 놈이야말로 세상에서 유일하게 나쁜 놈이다. 누구든 '나뿐인 놈'으로서의 근성만 없앤다면 그 자체로 성인군자나 다름이 없다. 대저, 어떤 우주 어떤 시공에 '나뿐인' 놈이 생명체로 존재할 수가 있단 말인가. 천지만물을 창조하신 하나님조차도 결코 '나뿐인' 존재가 아니거늘 참으로 어리석고 어리석다 인간이여.

지상의 모든 존재가 서로 조화롭지 않으면 소멸에 이르고 천상의 모든 존재가 또한 서로 조화롭지 않으면 소멸에 이른다. 그럼에도 불구하고 인간들은 자신의 영달만을 위해서 '나뿐인' 생각과 행동을 끊임없이 일삼고 있으니 얼마나 미개하고 한심한 미물인가.

고백컨대, 나도 인생의 어느 시점에서는 '나뿐인' 놈으로서의 생각과 행동을 일삼은 기억이 있다. 바로 그 시점에서는 나 역시 변명할 여지가 없는

　나

　쁜

　놈

　이었다.

　물론 인간은 누구나 자신을 나쁜 놈으로 만들거나 좋은 놈으로 만들 수 있는 자유의지를 가지고 있다.

　그러나 그대여 명심하라. 그대가 욕망에 기인해서 실의를 느꼈을 때, 그대가 욕망에 기인해서 분노를 느꼈을 때, 그대가 욕망에 기인해서 환희를 느꼈을 때, 그대가 욕망에 기인해서 증오를 느꼈을 때, 그대 역시 '나뿐인' 존재로 전락할 가능성이 높다.

　그렇다, 욕망은 '나뿐인' 인간을 양산하기 위해 악마가 보낸 사육사다.

'나쁜인 놈'은 어김없이 '나쁜 놈'으로 성장해서 온갖 범죄로 세상을 더럽힌다.

그렇다면 그대여.

세상에 산재해 있는 나쁜 놈들을 모조리 소멸시키는 방법은 무엇일까. 그것은 두말할 나위도 없이 우리들 각자가 자신이 잘 되기만을 바라는 욕망을 멀리하고 타인이 잘 되기를 바라는 소망을 간직하고 살아가는 방법이다. 우리들 각자가 자신의 내부에 도사리고 있는 '나쁜인 놈'을 과감하게 척결하지 않는다면 결국 우리는 한평생 나쁜 놈들이 판을 치는 세상을 벗어날 길이 없을 것이다.

하지만 그대 자신만이라도 '나쁜인 놈'을 척결하는 일에 솔선수범하라. 모든 성공에는 노력이 따르기 마련이고 모든 노력에는 반복이 따르기 마련이니, 그대가 소망하는 세상이 도래할 때까지 부디 노력을 게을리 하지 말라.

인류사 이래로 이만큼 '나쁜 놈'도 드물 거라고 평가되는 히틀러. 그 나쁜 놈이 신통하게도 딱 한 가지 쓸 만한 명언을 남겼는데 그것은 반복하고 반복하면 반드시 자신이 세운 목표를 성취하게 된다는 명언이다.

　하지만 히틀러는 자신의 명언대로 '나뿐인' 생각과 행동만을 반복하고 또 반복했기 때문에 자신이 살았던 세기를 통틀어 제일 '나쁜 놈'으로 부각되는 성과를 거두었다. 하지만 아무나 그런 성과를 기대하기는 어려운 일이니 우리는 그 반대로 세상에서 가장 좋은 놈이 되는 것을 인생의 목표로 삼자.

　그러자면, 우리는 먼저 무엇을 반복하고 또 반복해야 할까. 콜린 윌슨이라는 선각자는 수십 년간 전 세계의 범죄자들을 연구한 결과 놀랍게도 전 세계 범죄자들에게 한 가지 공통점이 있다는 사실을 발견했다. 그러니까 그 한 가지 공통점만 말끔히 제거해 버린다면, 전 세계의 범죄 또한 말끔히 사라지게 만드는 결과를 기대할 수 있지 않을까. 전 세계의 범죄가 사라진다면, 곧바로 지상천국이 도래하리라.

그런데 그대여. 그 한 가지 공통점이란 무엇일까. 그것은 전 세계 범죄자들이 한결같이 당하는 사람의 입장을 전혀 고려하지 않는다는 것이다. 그래서 그들은 모조리 '나쁜인 놈'들인 것이다.

그대여.

문제의 해답이 여기에 있다. 그대 자신의 내부에 도사리고 있는 '나쁜인 놈'을 그대 스스로 단호히 처단하고 '나쁜인 놈'들과는 정반대로 남의 입장을 보살핀다면, 그리고 남의 입장을 보살피는 일을 반복하고 또 반복한다면 그야말로 세상에서 제일 좋은 놈으로 성장하리라.

그대의 내부에 도사리고 있는 '나쁜인 놈'을 단호히 처단하는 순간부터 그대는 소망의 날개를 가지리니, 자신의 입장을 생각하기 이전에 타인의 입장을 먼저 생각하는 인간, 이웃의 입장을 생각하고 친구의 입장을 생각하고 심지어는 지구 반대편에 있는 누군가의 입장까지 생각하는 인간, 개의 입장을 생각하고 꽃의 입장을 생각하고 돌의 입장을 생각하고 심지어는 구름이나 바람의 입장까지 생각하는 인간이 되리라.

정녕 아름답다 그대여.

지상에 존재하는 모든 것들의 입장을 생각하고 천상에 존재하는 모든 것들의 입장을 생각하고 자신처럼 보살피기를 끊임없이 반복한다면, 그대는 분명 살아 있는 인간 그대로 부처님과 예수님의 반열에 오르리니, 나이가 어리다고 어찌 만천하가 그대를 경배하지 않으랴.

그대는 지금 그 모습만으로도 멋있다.

작가 노트 6

그대가 아무리 장사라 하더라도
술에 장사 없고
매에 장사 없고
세월에 장사 없다.

인생을 살아가는 동안 위의 세 가지와 맞대적을 하면
어느새 떡실신이 되어버린 자신의 모습을 발견하게 되리라.

술은 시를 안주삼아 대적하고
매는 정의를 앞세워 대적하고
세월은 무심에 발을 담그고 대적하라.

결과는 언제나 그대의 패배로 돌아오기 마련이지만
그래도 캐관광을 당하는 수모만은 면할 수가 있으리라.

양심을 지키고 살면 손해를 본다고 생각하는 사람들이 있다. 그들이 말하는 손해와 이익은 도대체 어떤 것일까. 나는 이익을 얻기 위해 인간이기를 포기하고 사느니 차라리 손해를 보는 한이 있더라도 인간답게 사는 쪽을 선택하겠다.

단 수십 일의 시간

—썩어 문드러진 세상을 용서하지 못하는 그대에게

그대여.

축하한다. 나는 지금 그대에게 특별히 이 썩어 문드러진 세상을 용서할 자격을 부여한다.

길 가다 옷자락만 스쳐도 인연이라는 말이 사실이라면 내가 그대에게 특별히 이 썩어 문드러진 세상을 용서할 자격을 부여하는 만용도 책갈피를 스치는 인연에 근거한 것이다.

한여름 염병을 앓다가 땀도 못 흘리고 죽을 놈들과, 간에 옴이 올라서 긁지도 못하고 죽을 놈들과, 또는 한겨울 마른 벼락을 쫓아가서 맞아 죽을 놈들과, 사막에서 우박에 맞아 죽을 놈들과, 비행기에서 뱀에 물려 죽을 놈들과, 똥통에 처박혀 똥물을 들이켜다 배 터져 죽을 놈들과, 아니면 그런 천벌을 배판에 흔들고 독박, 피박, 광박으로 받아도 모자랄 놈들과, 또는 그에 버금가는 년들이 활개를 치면서 살고 있는 세상.

그대는 어떤 악연으로 이런 세상에 태어났으며 어떤 연유로 오늘날까지 생명을 부지하고 있는가. 물론 나로서는 알아낼 재간이 없지만, 대한민국은 군자의 나라이므로 오늘 나는 그대에게 군자가 되기를 간청해 본다.

　중상과 모략과 사기와 폭력과 강간과 멸시와 학대와 부정과 부패와 모독과 배반과 살인과 횡령과 도박과 절도와 위선과 욕설과 방화들, 그대는 혹시 이 세상을 살면서 그런 것들 때문에 고통을 받지는 않았는가.

　고통을 받지 않았다면, 부럽다, 그대는 도인이거나 바보임이 분명하다. 만약 그대가 평범한 인간이라면 위에 열거한 저 해악들 때문에 틀림없이 고통을 받았을 것이다. 고통은 어떤 경우에도 비극이다. 그리고 비극은 언제나 행복을 척살한다.

　그리고 시궁창과 폐기물과 가래침과 스모그와 중금속과 배설물과 지린내와 전염병과 폭발물과 마약류와 곰팡이와 독가스와 불량품과 산성

비와 정치가들, 그리고 교통 사고와 각종 성병과 심장마비와, 그리고 우리의 생명과 재산을 위협하는 각양각색의 복병들, 이런 세상에서는 그야말로 살아 있다는 사실이 고문이요 형벌이다.

살아 있다는 사실이 고문이요 형벌인 세상에서 어찌 그대가 행복하기를 바라겠는가.

사태처럼 무너지는 절망과, 칼끝처럼 파고드는 고통과, 습관처럼 계속되는 불면과, 눈발처럼 흩날리는 회한과, 불꽃처럼 일렁이는 번민과, 불안과, 탄식과, 비애와 상처만이 깊어가는 나날 속에서 그대는 빌어먹을, 얼마나 많은 애증의 눈물을 흘리면서 살아왔던가. 그리고 인간이 살아가는 세상 어디에 진정한 사랑과 자비가 존재하고 있었던가.

지금까지 열거한 저 모든 해악의 요소들은 절대로 그대를 행복하게 만들어주지 않는다. 그것들은 행복의 곰팡이들이며 불행의 폐기물들이다.

오늘날 세계 제일의 선진국임을 자랑하는 미국을 보자. 그들은 이라크 인구의 과반수가 어린이라는 사실을 잘 알면서도 충격과 공포라는 암호명으로 이라크에 무차별 공격을 퍼부었다. 관용은 없었다. 미국이 진실로 세계 평화를 추구하는 나라였다면 세계 어떤 나라의 어린이에게도 충격과 공포를 안겨주지는 않았을 것이다.

그들이 부르짖는 인권의 개같음, 그들이 부르짖는 자유의 개같음, 그들이 부르짖는 평화의 개같음, 그 모든 개같음에 어울리는 국호는 모자랄 미자를 쓰는 미국(未國)이라야 한다. 세계 제일의 선진국임을 자랑하는 미국이 개같음 투성이라면 후진국들은 도대체 어떻겠는가.

인간의 비극 일체는 인간의 이기성에 그 근원을 두고 있다. 자신의 영달만을 위해서 타인의 고통이나 슬픔을 외면할 때 비극은 구체적인 실체를 드러낸다.

보라, 세상은 온통 이기성으로 가득 차 있다. 나라와 나라가 그러하고,

단체와 단체가 그러하고, 개인과 개인이 그러하다. 우방은 없다. 서로가 적이다.

종교적 본질인 사랑과 자비는 어디에도 존재하지 않는다. 상대 편이 죽어야 우리 편이 산다는 믿음만 남아 있다. 이기성을 버리지 못하는 인간들이 만들어가는 세상은 관용이 소멸된 행복의 공동묘지다.

뜬금없이 중국의 고사 하나가 생각난다.

어느 날 밤에 초나라 장왕이 신하들에게 연회를 베풀었다. 그런데 한창 연회가 무르익어갈 무렵 갑자기 돌풍이 불어와 촛불이 모조리 꺼져버렸다. 당연히 천지가 암흑으로 휩싸여버렸다.

그런데 어떤 신하가, 간덩이가 부었지, 왕이 총애하는 애첩의 귀를 잡고 입술을 훔쳤다. 애첩은 얼떨결에 그 신하의 갓끈을 잡아떼고 왕에게 사실대로 아뢰었다. 그러자 왕이 신하들에게 명령을 내렸다.

오늘 밤 이 자리에서 갓끈을 떼지 않은 자가 있으면 촛불을 켜는 즉시 엄벌에 처할 것이다.

이에 모든 신하들이 영문도 모르고 다투어 갓끈을 떼버렸다. 촛불은 켜졌지만 당연히 애첩은 어떤 신하가 무례함을 범했는지 알 도리가 없었다.

그리고 두 해가 흘렀다. 초나라와 진나라 사이에 전쟁이 벌어져 초나라가 위급지경에 처하게 되었다. 그때 한 장수가 군사를 이끌고 달려와 용맹스럽게 진나라 군사를 무찔렀다. 왕은 너무나 뜻밖이라 그 장수를 불러 사연을 물었다. 장수가 대답하기를, 소인은 옛날 대왕의 애첩에게 무례를 범한 신하로 대왕의 너그러운 관용에 감동하여 그날로 산중에 숨어들어가 군사를 기르고 대왕께 목숨을 바칠 날만 기다리고 있었습니다.

어떤가 그대여.

장왕의 관용이 아름답지 않은가. 신하의 보답 또한 가슴을 뭉클하게 만들지만 비록 보답이 없어도 관용은 그 자체로 아름답다. 관용이 없는 자리에 어찌 사랑이 머물러 있을 것이며 사랑이 없는 자리에 어찌 행복이 머물러 있을 것인가. 이제 그대는 충분히 짐작하고도 남음이 있을 것이다.

고통과 평화는 같은 자리에 동석하지 않으며, 비극과 행복은 같은 자리에 동석하지 않는다. 그것들이 같은 자리에 동석하고 있는 장면을 보았는가. 보았다면 분명 그대는 착각의 천재이거나 모순의 달인이다.

속지 말라. 인면수심을 가진 일부 권력자들은 평화를 유지한다는 명분으로 고통을 초대하고, 행복을 보장한다는 명분으로 비극을 영접한다.

얼마나 가증스러운 위선인가. 전 인류가 고통의 가시덤불 속에서 발버둥을 쳐도 눈썹 하나 까딱하지 않겠다는 저 요지부동의 사명감. 전 인류가 비극의 구렁텅이 속에서 몸부림을 쳐도 눈물 한 방울 흘리지 않겠다는 저 난공불락의 신앙심. 인간이라면 어찌 대적하기를 꿈꾸겠는가.

하지만 거들떠보지도 말라. 그대는 그 이름도 거룩한 군자의 나라에 살

내 영혼을 바치지 않았다면 남의 영혼이 흔들리기를 바
라지 말라.

고 있다. 인간이라는 이름으로 태어나 짐승처럼 살아가는 일도 부끄럽거늘 그것을 보필하면서 벌레처럼 살아가는 모습 또한 얼마나 부끄러운가.

그대는 그대 자신의 주인이면서 저 광대무변한 우주의 주인이다. 그대가 평화로우면 저 광대무변한 우주도 평화롭고, 그대가 아름다우면 저 광대무변한 우주도 아름답다. 그대가 사라지는 순간에 저 광대무변한 우주도 사라진다.

그대여, 그대는 저 광대무변한 우주의 주인으로 태어나서 지금까지 무엇을 건져 먹겠다고 세속의 구정물 속을 뒤적거리고 있었느냐.

이제부터 그대 자신이 썩어 문드러진 이 세상을 평화롭게 만들고, 그대 자신이 썩어 문드러진 이 세상을 행복하게 만들라.

하지만 그대는 고개를 가로저을 것이다. 막대한 재산도 방대한 인맥도 막강한 권력도 그대에게는 전무하므로 도저히 세상을 평화롭게 만들거나 아름답게 만들 능력이 없다고 말할 것이다. 과연 그럴까, 세상을 평화롭게 만들기 위해서는 반드시 그런 것들이 필요할까.

아니다. 막대한 재산, 방대한 인맥, 막강한 권력, 그런 것들은 세속의 허접한 속물들이 구정물 속을 뒤적거릴 때 즐겨 사용하는 도구들이다. 그런 것들로는 진실로 평화로운 세상, 진실로 행복한 세상을 만들 수 없다.

일체유심조(一切唯心造). 모든 성인군자들은 오직 그 한 가지 도구만으로 자신과 세상을 평화롭고 행복하게 만들었다. 일체유심조를 깨달았을 때 모든 고통이 사라지고 모든 불행도 사라진다.

그대의 마음을 한번 들여다보라. 만약 거기에 세상에 대한 미움이 조금이라도 남아 있다면 용서하라. 용서하지 않으면 일체유심조를 깨닫기 어렵나니 먼저 세상을 용서하지 못했던 그대 자신을 용서하고, 다음에 지금까지 용서받지 못했던 세상을 용서하라.

용서는 한글로 쓰자면 고작 아홉 획수에 지나지 않지만, 실천을 하자면 적어도 아흔아홉 번은 갈등을 겪어야 한다. 용서는 가슴 안에 사랑과 자비를 간직하고 있는 자만이 베풀 수 있는 최상의 덕목이다.

그대여.

그 어떤 것에게도 적의를 품지 말라. 때로 적의는 살의가 된다. 하지만 자신을 물어뜯은 개를 때려 죽인다고 개에게 물린 상처가 치유되지는 않는다. 그대가 적의를 품지 않아도 모든 생명체는 죽음에 이르도록 설계되어 있다.

부디 세상을 너그럽게 용서하라. 세상이 사랑으로 가득 차기에는 수천 년의 시간이 흘러가야 하겠지만 그대가 사랑으로 가득 차기에는 수십 일의 시간이면 충분하다.

세상이 아직도 그대 하나를 끌어안지 못한다면 그대가 세상을 통째로 끌어안아버리자. 그때, 비로소 그대는 일체유심조의 진의를 깨달을 수 있을 것이다.

작가 노트 7

남을 비난하고 싶은가.
그러면 그 비난을
자신에게 한번 적용시켜 보라.

해당되는 부분이 있는가.

있다면
정작 비난받아야 할 사람은
당신 자신일지도 모른다.

세상은 단지 돈이 되지 않는다는 이유 하나로 돈보다
소중한 것들을 시궁창에 내던져버리기 시작했다. 양심
이나 철학도 그중의 하나다.

누에의 한살이

—희망이 없다고 생각하는 그대에게

그대여.

희망이 없다고 말하지 말라. 무릇 희망이 없는 이가 어디 있으랴. 지금
은 새로운 세기의 눈부신 아침, 비록 인정머리 한 푼 없는 주인에게 아무
잘못도 없이 쫓겨난 잡종개라 할지라도 희망을 간직하고 희망을 기대하
고 희망을 노래할 자격이 있나니, 살아 있는 모든 것들에게도 희망은 있
고 죽어가는 모든 것들에게도 희망은 있다.

극단적으로 말하자면 모든 존재에게는 희망이 있다. 숯덩어리에게는
불덩어리가 될 희망이 있고, 흙덩어리에게는 돌덩어리가 될 희망이 있다.

부처님은 한마디로 인생을 고(苦)라고 일축하셨다. 판쓸이를 한 놈이
나 광피박을 쓴 놈이나 인생은 고라는 것이다. 그러니까, 인생은 누구에
게나 비포장도로다. 때로는 자갈밭이고 때로는 가시밭이다. 하지만 때로
는 자갈밭이고 때로는 가시밭인 인생길을 그대처럼 혼자서 맨발로 피 흘
리면서 걸어가는 사람이 있는가 하면, 우쒸, 최고급 승용차에 아름답고

관능적인 여자를 끼고 킬킬거리면서 내달리는 사람도 있다.

그대는 지금 어떤 인생을 꿈꾸고 있는가. 맨발로 피 흘리면서 자갈밭 가시밭을 걸어가고 있는 그대 곁으로 최고급 승용차가 킬킬거리면서 지나갈 때, 열받은 그대 머리는 부글부글 끓어오르겠지. 지척이 안 보일 지경으로 뭉게뭉게 먼지도 치솟아오르겠지.

그러나 일순, 그 먼지의 미세한 입자들이, 어마나 깜짝이야, 모조리 지폐로 돌변해서 펄럭펄럭 그대의 머리 위로 떨어져 내린다면 얼마나 좋을까. 아니면 귀족 가문, 절세미인에 최고 학벌, 재산만땅에, 성품마저 비단결 같은 여자를 만나 백년해로한다면 얼마나 좋을까.

얼씨구나, 날마다 허송세월로 빈둥거리고 일류대학에 수석으로 합격해서 출세하고 싶은 희망, 절씨구나, 날마다 주색잡기에 골몰하고 천년만년 부귀영화를 누리면서 장수하고 싶은 희망. 만약 그대가 그런 것들을 희망이라고 생각한다면 아무래도 그대가 생각하는 희망은 절망의 또 다른 이름에 불과하다.

그대여 명심하라.

불로소득을 꿈꾸는 사람들이 흔히 희망이라고 굳게 믿는 기대치들은 절대로 희망이 아니다. 그것들의 명백한 실체는 욕망이다. 지나간 세기들을 돌이켜보라. 전쟁과 기아, 모략과 음모, 폭력과 질병, 협잡과 증오, 이것들은 욕망을 희망으로 착각하는 인간들의 전유물이다.

그대여. 명심하고 또 명심하라.

인간으로서 간직할 수 있는 최상의 희망은 바로 인간답게 살고 싶다는 희망이다.

하지만 욕망은 최상의 희망을 최악의 절망으로 인도하는 사탄이다. 그대가 진실로 인간답게 살고 싶다면 먼저 꿈틀거리는 그대의 욕망부터 과감히 살해하라. 욕망은 가만히 내버려두어도 한정없이 부풀어올라 그대를 과대망상의 세계로 인도하는 허풍선이, 그러나 언젠가는 처참하게 파열해 버리거나 바람이 빠져서 쭈글쭈글한 몰골로 거추장스럽게 그대 발목에 감겨드는 애물단지로 변모된다.

욕망의 끝에는 언제나 희망을 가장한 절망이 기다리고 있다.

그대여.

희망에도 순리와 법칙이 있다. 그러나 욕망은 언제나 순리와 법칙을 위반한다. 숯덩어리가 불덩어리가 되기를 꿈꾸는 것은 희망이지만 숯덩어리가 금덩어리가 되기를 꿈꾸는 것은 욕망이다.

자연을 보라. 자연은 아무리 하찮은 미물이라도 절대로 순리와 법칙을 어기지 않는다.

그대는 결코 씨앗을 뿌리지 않은 논밭에 풍년이 들기를 바라지 말라. 그리고 그대가 만약 희망의 논밭에 적절한 시기와 적절한 장소를 선택해서 씨앗을 뿌렸다면, 수시로 욕망의 잡초들을 뽑아내고 순리와 법칙에 따라 수확을 거둘 수 있기를 희망하라.

봄이 오지 않았는데 새싹이 돋아나기를 바라지 말고, 여름이 되지 않

magnolia

았는데 가지가 무성해지기를 바라지 말라. 가을이 오지 않았는데 수확을 서두르는 소치를 범하지 말고, 겨울이 되지 않았는데 갈무리를 서두르는 소치를 범하지 말라. 매사를 자연에 따라 결정하라.

　인간은 결코 만물의 영장이 아니다. 인간은 자연의 막내에 불과하다. 쐐기풀, 쇠비름, 엉겅퀴도 인간의 선배님이고 날파리, 풀모기, 굼벵이도 인간의 선배님이라니, 그대가 만약 소인배라면 내 말을 대단히 불쾌한 망언으로 받아들일 것이다.
　하지만 어쩌랴, 성경에 준한 창조론으로 고찰해 보아도 제일 나중에 만들어진 생명체가 인간이고 자연에 준한 진화론으로 고찰해 보아도 제일 나중에 만들어진 생명체가 인간인 것을.

　세속을 떠도는 군기복음(軍紀福音) 23장 12절에 의하면 선배는 군사부(君師父)에 우선하나니, 즉 임금과 스승과 부모보다 서열이 높은 존재로다. 동해물과 백두산이 마르고 닳도록 선배를 존경하라. 선배를 존경하는 자에게는 자다가도 떡이 생기는 행운이 따른다.

그대여. 나는 가끔 나의 대선배인 누에를 통해 거듭되는 희망을 배운다. 희망의 성장을 배우고 희망의 진화를 배우고 희망의 부활을 배운다.

누에의 한살이는 알에서 출발한다. 알은 일차원적인 생명체다. 하나의 점으로 붙박여 무기력한 모습으로 살아간다. 자신이 어디서 와서 어디로 가는지도 모른다. 그러나 때가 되면 알은 순리와 법칙에 따라 부화된다. 부화된 알을 우리는 누에라고 부른다.

누에는 이차원적인 생명체다. 자신의 몸을 움직여 면이동(面移動)을 한다. 한자리에 붙박여 있을 때의 알에 비하면 엄청난 발전이다. 누에는 뽕잎을 갉아먹으면서 성장한다. 성장하는 동안 탈피를 위해 네 번의 잠을 잔다. 그리고 잠자기가 끝나면 고치를 만든다. 고치를 만들어 번데기로 변한다.

절대 고독, 번데기는 캄캄한 고치 속에서 도대체 무엇을 꿈꾸고 있는 것일까. 그대도 알고 있을 것이다. 누에가 만든 고치로 비단을 만든다는 사실을. 동서의 문명을 연결하는 저 장렬한 실크로드도 누에가 없었다면 절대로 존재할 수 없었다는 사실을. 그러나 누에의 희망은 비단이 아니다.

그대여. 번데기가 캄캄한 고치 속에서 절대 고독을 견디고 밖으로 나오면 날개를 가진 나방이 된다는 사실에 유념하라. 비로소 하늘을 날아다닐 수 있음에 유념하라.

날개가 있는 곤충들은 하늘을 날아다니고, 날개가 없는 곤충들은 바닥을 기어다닌다. 무슨 차이가 있을까. 날개를 가진 곤충들은 먹이를 축적하지 않는다. 달리 말하면 욕망을 탈피한 상태로 살아가는 것이다. 뿐만 아니라 공짜를 바라지 않는다. 식물들의 꽃가루를 날라다 주거나 씨앗을 퍼뜨려주는 공생행위로 먹이에 대한 고마움을 보상한다.

하지만 날개가 없는 곤충들을 보라. 날개가 없는 곤충들은 바닥을 비루하게 기어 다니면서 얻어먹거나 뺏어먹거나 훔쳐먹는다. 그래서 우리는 날개가 없는 곤충들을 싸잡아 벌레라고 부른다.

비유컨대, 인간도 날개가 있는 인간과 날개가 없는 인간이 있다. 나는 앞에서 누에의 한살이를 보여주었다.

그대여 숙고해 보라.

그대가 알에서 희망을 멈추어버린다면, 그대가 애벌레에서 희망을 멈추어버린다면, 그대가 넉잠자기에서 희망을 멈추어버린다면, 그대가 번데기에서 희망을 멈추어버린다면 어찌 날개를 가질 수 있으랴. 희망을 멈추지 않는 자에게만 희망은 성취되는 것이다.

그러나 그대여. 그대가 만약 날개를 가지고 싶다면 누에의 한살이 중에서 특히 고치의 부분을 소중히 생각하라. 비록 그대에게 절대 고독이 찾아온다고 하더라도 결코 도망치거나 주저앉지 말아야 한다.

그대여.

희망이 없다고 말하지 말라. 무릇 희망이 없는 이가 어디 있으랴. 지금은 새로운 세기의 눈부신 아침, 인간으로서 간직할 수 있는 최상의 희망은 바로 인간답게 살고 싶다는 희망이다.

희망을 간직하자.

날개를 꿈꾸자.

길이 있어 내가 가는 것이 아니라 내가 감으로써 길이
생기는 것이다.

작가 노트 8

나는 인생살이나 행복추구에
매우 중요한 요소가 된다고 생각하는 것들은
책을 낼 때마다 반복해서 언급한다.
독자들이 식상해 한다는 사실도 잘 알고 있다.

그러나 식상해 하는 사람치고
그것을 실천하는 사람들은 드물다.
그저 머릿속에 소장하고만 있을 뿐이다.

그런데 왜 내 글 속에서 반복되는 것들은
그토록 문제시하면서
새로운 것들은 감지조차 못 하는지 묻고 싶다.

때로는 자기 안목에 대한 지나친 신뢰가 자기를
청맹과니로 만들어버렸는지도 모른다는 생각 정도는
한 번쯤 해볼 필요가 있지 않을까.

3장

장대 끝에서 한 걸음 더 나아가라

지적 허영심을 버리지 못하는 사람들은 남들과 일상적
인 대화를 나눌 때도 습관적으로 국적불명의 버터를 처
바른 단어들을 자랑스럽게 남발하는 특질을 나타내 보
인다. 뿐만 아니라 그들은, 느끼한 음식이 싫을 때는 사
양하면 그만이지만 느끼한 대화가 싫을 때는 사양하기
곤란하다는 사실을 절대로 감안하지 않는다.

탕, 탕, 탕
—그대 못생겨서 고민하는가

정말인가 그대는, 정말로 못생겨서 고민하고 있는가. 정말이라면 나는 그대가 무릎을 치면서 탄복해도 좋을 한국 속담 하나를 소개하겠다.

일색소박(一色疏薄)은 있어도 박색소박(薄色疏薄)은 없다.

문자 그대로 풀이하면 미녀가 박대를 받는 경우는 있어도 추녀가 박대를 받는 경우는 없다는 뜻이다. 그러니까, 외모가 인간의 품격을 대신하지 않는다는 뜻이다.

나는 이 속담이 못생겨서 고민하는 모든 여자들에게 그리고 같은 고민에 빠져 있는 모든 남자들에게 조금이라도 위안이 되기를 기대한다.

그대가 아름다운 여자로 보여지기를 바라는 마음은 그대가 사랑스러운 여자로 보여지기를 바라는 마음과 동일하다.

하지만 그대여 인정하자.

마음이 개운치는 않지만 인정하자. 오늘날은 어디를 가도 못생긴 사람보다는 잘생긴 사람이 극진한 대접을 받는다. 취업에 도움이 될까 해서 쌍꺼풀 수술을 감행한 여자. 일단 튀고 보자는 생각에서 멀쩡한 양쪽 코에 맞구멍을 뚫고 커다란 코걸이를 걸고 다니는 남자. 오로지 섹시해지고 싶다는 욕망 때문에 젖가슴에 실리콘을 주입했다는 여자. 하지만 돌팔이에게 수술을 받아서 부작용으로 한쪽 젖가슴에 종양이 생겼다는 여자.

연예인들은 무조건 미모가 생명이라는 신념 하나로 처절한 고통을 불사하고 코뼈를 높이거나 입술을 줄이거나 턱뼈를 깎아낸다.

조물주께서는 나름대로 심사숙고해서 그들의 모습을 결정하셨겠지만, 이제 인간은 조물주의 심오한 시나리오에 멋대로 칼질을 해대는 경거망동을 서슴지 않는다.

하지만 그대여 숙고해 보자. 과연 인간의 아름다움이 육안(肉眼)에 의해서만 분별되는 것일까. 나는 아니라고 생각한다. 육안으로 분별되는 아름다움은 시간이 지날수록 감흥이 떨어진다. 육안은 보는 횟수가 늘어갈수록 싫증을 잘 느끼는 특질을 가지고 있으며 시간이 지나면 아름다움 자체도 쉽게 변질되어 버리는 특질을 가지고 있다.

그렇다, 외모는 육안으로 분별되는 아름다움에 불과하다. 그런데도 눈한 번 감아버리면 일순간에 사라져버리는 아름다움에 운명을 걸고 오늘도 여자들은 뻔질나게 성형외과를 들락거린다.

나는 이쯤에서 그대에게 종이춘(鍾離春)이라는 여자를 소개하고 싶어진다. 그녀는 춘추전국시대의 제(齊)나라 여자였다. 『열녀전(烈女傳)』에서는 종이춘이라는 여자가 절구통같이 생긴 머리, 움푹 들어간 눈두덩, 툭 불거진 주먹코, 짤막한 자라목, 그리고 억센 뼈대에 시커먼 피부를 가진 여자였다고 기술하고 있다. 시쳇말로 표현하면 위메, 그녀의 외모는 한마디로 폭탄 수준이었다. 그래서 나이 서른이 넘어도 청혼이 들어오지 않았다.

어느 날 그녀는 선왕(宣王)을 배알하겠다는 생각으로 먼 길을 걸어서 궁문(宮門)에 이르렀다. 그리고 알자(謁者)에게, 나는 이 나라의 불수녀(不受女, 팔리지 않는 여자)인데 일찍이 군왕의 성덕(聖德)을 흠모하여 후궁(後宮) 청소나 해 드리고 싶다는 열망 하나로 먼 길을 걸어서 여기까지 왔노라고 머리를 조아렸다.

알자는 왕에게 그녀의 말을 그대로 전했다. 때마침 궁녀들과 주연을 즐기고 있던 왕은 그녀를 자기 앞에 데리고 오도록 명령했다. 종이춘의 모습을 본 궁녀들은 한결같이 조롱 섞인 웃음을 흘리면서 천하제일의 추녀가 궁성에 들었노라고 쑥덕거렸다.

왕이 그녀에게 물었다. 보아하니 그대는 시골 아낙네가 분명한데, 무슨 연유로 왕의 곁에 머물고 싶어하는가. 그대가 그럴 만한 어떤 기능(技

能)이라도 가지고 있는가. 그러자 그녀가 짤막하게 대답했다. 아무 것도 없습니다.

이에 왕이 무릎을 치면서 진작 만나야 할 사람을 이제야 만났노라고 기뻐했다. 뿐만 아니라 그 자리에서 주연을 마무리하고 그녀를 왕후로 맞아들이기를 서슴지 않았다.

이 장면에서 왕의 처사를 납득할 수 없는 분들이 계신다면 선수끼리는 서로 알아본다는 현대판 속담을 곱씹어보시라. 그때부터 제나라는 치평(治平)에 들어섰다고 전해진다.

진정으로 훌륭한 선수들은 결코 육안으로만 아름다움을 척도하지 않는다. 육안으로는 외형적 아름다움을 감지할 수는 있어도 절대로 내면적 아름다움을 감지할 수가 없기 때문이다.

그대여.

진정한 아름다움은 마음의 눈, 즉 심안(心眼)을 통해서만 감지되는 것

여자로서 외모가 아름답다는 것은 축복이다. 하지만 아름다운 외모 때문에 내면을 가꾸지 않는다면 그것은 오히려 재앙이다.

이다. 우리가 육안으로 판단하는 외형적 아름다움은 언제나 부분적이고 순간적이다. 그러나 심안으로 판단하는 내면적 아름다움은 언제나 전체적이고 영속적이다. 외형적 아름다움은 육신의 범주를 사로잡지만, 내면적 아름다움은 영혼의 범주를 사로잡는다.

그대여.

사람들은 누구나 영원불멸하는 사랑을 갈망한다. 하지만 그대가 비록 천하제일의 절세미인이라도 육체의 범주에 머물러 있는 아름다움만으로는 영원불멸하는 사랑을 획득할 수가 없다. 영원불멸하는 사랑은 육체에 깃드는 것이 아니라 영혼에 깃드는 것이기 때문이다.

그대여.

못생겼다고 고민하지 말라. 미인도 알고 보면 피부 한 꺼풀이라는 속담이 있다. 가능하다면 전단지를 만들어 경비행기를 타고 다니면서 세계

만방에 흩뿌리고 싶은 속담이다.

그러나 아무리 생각해 보아도 못생긴 여자보다 더 고민해야 할 여자는 매력이 없는 여자다. 매력을 만들어내는 것은 성품이며, 성품은 외형적인 것이 아니라 내면적인 것이다.

매력이 없는 여자는 향기가 없는 꽃과 같다. 벌나비가 꽃에게 날아드는 이유는 꽃의 빛깔을 탐해서가 아니라 꽃의 향기를 탐해서다. 플라스틱으로 만들어진 가화(假花)는 아무리 빛깔이 현란해도 벌나비가 날아들지 않는다. 벌나비가 날아들지 않는다면 코뼈를 높인들 무슨 소용이 있을 것이며, 턱뼈를 깎은들 무슨 소용이 있을 것인가.

그대여.

저급한 세속의 미적 기준에 그대를 묶어두지 말라. 고작 성형외과를 드나들며 자신의 얼굴을 칼질해서 만들어낸 아름다움을 어찌 마음 안에 연꽃을 피워 올린 아름다움에 비견할 수 있으랴. 비록 타고난 외모가 좀 모자라는 사람이라도 내면을 아름답게 가꾸는 일에 주력하면 내면의 아름다움이 절로 밖으로 발산되어 특별한 분위기를 만들어낸다. 그것이 매력이다.

그대가 남다른 매력을 갖출 수만 있다면, 그때는 틀림없이 각양각색의 벌나비들이 떼를 지어 그대에게로 날아들 것이다. 누군가 부러운 눈빛으로 비법을 묻는다면 말없이, 손가락으로 권총을 만들어서 탕, 묻는 사람의 머리에 화두의 총탄 한 발을 발사하라.

무릇 화두는 말이나 글로는 영원히 열지 못하는 자물쇠. 어리석은 사람들은 개인적 욕구불만을 연소시켜 끊임없이 욕망의 잿더미를 쌓아올린다. 그리고 결국은 자신이 쌓아올린 욕망의 잿더미에 자신의 영혼을 파묻고 지각 없는 속물로 전락해서 자각 없는 인생을 살아간다.

탕,

저급한 욕망이 고개를 쳐들면 저급한 욕망을 살해하라.

극한 상황에 도달할 때마다 자살을 생각했었다. 그러나 자살을 감행하기에는 젊음이 너무도 억울했다. 날마다 빈곤이 내 인격을 집요하게 물어뜯었다. 내 꿈은 걸레처럼 너덜너덜해진 상태로 시궁창에 유기되어 있었다. 날마다 새벽까지 원고지와 사투를 벌였다. 이대로 굶어 죽어도 좋다고 생각했다. 그러던 어느 날, 《세대》 신인 문학상 중편공모전에 당선되었다는 전보가 날아왔다. 나는 비로소 절망이 희망으로 연결된 징검다리에 불과했다는 사실을 깨닫게 되었다.

탕,

천박한 허영이 고개를 쳐들면 천박한 허영을 살해하라.

탕,

탕,

탕,

편견을 살해하고 아집을 살해하고 무지를 살해하라.

그대 가슴에 배타의 벽돌로 견고하게 쌓아올린 장벽들을 허물고 만물을 사랑으로 감싸 안으라. 그러면 언젠가는 그대 마음 안에도 아름다운 연꽃 한 송이가 피어나게 되리니 그때는 내게 연락처를 가르쳐 달라. 거하게 한잔 쏠 용의가 있다.

작가 노트 9

똥파리들이
똥덩어리 표면을 핥아보고 얻어낸
자기 판단을 밑천으로
싸지 말았어야 할 똥이라느니
먹기 불편한 똥이라느니
나름대로의 지식을 과시하지만

때로는 그 똥덩어리가
대지를 기름지게 만들기도 한다는 사실을
알고 있는 똥파리는
한 마리도 없다.
그러니까 똥파리는
한평생 똥파리로 살아가는 것이다.

이십여 년 전에 어떤 지방신문에 중편소설을 연재한 적이 있었다. 본문 중에 '드보르작'의 신세계 교향곡을 언급한 부분이 있었는데 발간되기 전에 검토해 보니 교정부에서 '드보르' 작 신세계 교향곡이라고 고쳐놓은 상태였다. 나는 다시 '드보르작' 신세계 교향곡이라고 바르게 고쳐놓았다. 그런데. 막상 발간된 신문을 보니 교정부에서 다시 고쳐서 '드보르' 작 신세계 교향곡으로 인쇄되어 있었다. 조낸 무서븐 뚱고집들아, 도대체 드보르가 언 나라 넘이냐.

그대의 자서전

―열등감에 사로잡힌 그대에게

그대여.

우리가 살고 있는 지구상에서 열등감을 느끼지 않고 인생을 살아가는 사람이 있다면, 그는 분명히 성인군자가 아니면 식물인간일 것이다.

그대가 지독한 열등감을 느끼면서 인생을 살아간다는 사실은, 그대가 지극히 정상적인 인간으로서 인생을 살아간다는 사실을 대변해 준다.

요일별로 각기 다른 여자를 번갈아가면서 먹어치우는 남자를 만났을 때 저 쉐이는 뭐냐, 그대는 공연히 투덜거리면서 열등감에 사로잡힌다. 사업을 펼치기만 하면 한사코 떼돈이 달라붙는 사람을 만났을 때 인물이 없는 쉐이가 돈복은 있어 가지고, 그대는 사촌이 논을 샀을 때처럼 배가 아프다.

백과사전이 무색할 정도로 박학다식한 사람을 만났을 때도, 어떤 분야에서도 발군의 기량을 나타내 보이는 팔방미인을 만났을 때도, 그대는 지독한 열등감에 사로잡힌다.

특히 부녀자를 희롱하는 깡패들을 한주먹에 때려눕히는 남자를 만났을 때는 평소에는 인색하던 존경심까지 고개를 쳐든다. 물론 고개를 쳐드는 존경심의 이면에는 영락없이 열등감이 도사리고 있다.

열등감은 언제나 비애감을 동반한다. 비애감의 농도가 짙어지면 자신에 대한 모멸감으로 발전한다. 그것은 때로 삶의 의욕까지 상실케 만든다.

하지만 그대여.

열등감 때문에 하나밖에 없는 목숨을 끊어야 한다면 그야말로 지구는 누가 지키나, 가급적이면 그대는 끝끝내 목숨을 부지하고 열등감이 우월감으로 변할 때까지 독수리 오형제와 함께 지구를 철통같이 지키도록 하라.

그대여 자연을 보라.

자연은 얼마나 초연한가. 바다를 느리게 유영하는 해파리는 하늘을 빠

르게 비상하는 종달새에게 절대로 열등감을 느끼지 않고, 풀잎에 고치를 짓고 살아가는 번데기는 지하에 땅굴을 파고 살아가는 두더지에게 절대로 열등감을 느끼지 않는다.

열등감은 지구상에 존재하는 생명체들 중에서 오직 인간만이 가지고 있는 현시욕(顯示慾)의 소산(所産)이다. 알고 보면 인간은 지구상에 존재하는 모든 생명체들 중에서 가장 초연하지 못한 생명체다. 그러면서도 자신들을 만물의 영장으로 착각하면서 살고 있다.

자존심 때문이다.

자존심의 질량과 열등감의 부피는 정비례한다. 자존심이 강할수록 열등감도 강한 법이다. 말에서 떨어진 사람이 내리려던 참이었어, 라고 말하는 것은 수치심 때문이 아니라 자존심 때문이다.

수치심은 나이가 들면 부피가 줄어들지만, 자존심은 나이가 들어도 부피가 줄어들지 않는다. 하지만 자존심은 타인에 의해서 쉽게 상처를 받는다. 그리고 자존심이 상처를 받을 때 열등감의 부피도 증대된다.

열등감은 현시욕이라는 아버지와 무력감이라는 어머니 사이에서 태어난 정신적 미숙아다. 그러나 그대가 행복한 인생을 살고 싶다면 절대로 열등감이라는 정신적 미숙아를 천시하지 말라.

열등감이야말로 인류 발전의 원동력이다. 치타처럼 빠르게 벌판을 달리지 못한다는 열등감이 자동차를 만들었고, 제비처럼 빠르게 하늘을 날지 못한다는 열등감이 비행기를 만들었다. 사자의 강인한 이빨, 전갈의 살벌한 독침, 독수리의 날카로운 발톱, 그런 것들은 동물들이 목숨을 보전할 목적으로 개발한 도구들이다.

그러나 인간은 그런 것들에 대한 열등감으로 다양한 무기들을 만들었으며, 참으로 어처구니없게도 오늘날에 이르러서는 그것들을 자신들의 목숨을 위협하는 도구로 쓰고 있다.

인간을 자연에 비견하면 언제나 수치심과 열등감만 깊어지므로 그대여, 우리는 이쯤에서 시선을 인간 쪽으로 돌리자.

보라.

모든 성공한 사람들의 배후에는 언제나 열등감이라는 후원자가 있었다. 그러므로 열등감이 희박한 인간은 성공할 가능성도 희박한 인간이다.

그대가 지독한 열등감을 가지고 있다는 사실은, 그대가 타인의 우월성을 인정하고 있다는 증거이며 더불어 자만심을 멀리하는 미덕도 가지고 있다는 증거이니, 그대는 성공의 가장 기본적인 요소들을 충분히 갖추고 있는 인물이다.

진실로 세상을 아름답게 만들었던 존재들은 한결같이 끝없는 열등감에 시달렸던 존재들이며, 아울러 자신의 열등감을 분발의 원천으로 삼았던 존재들이다.

철학의 아버지 소크라테스는 악처로 소문난 크산티페를 아내로 거느리고 있었으며, 노예를 해방시킨 아브라함 링컨은 지독한 추남으로 알려져 있었다. 영국의 대문호 셰익스피어는 불과 열네 살에 학업을 중단했으며, 영화의 아버지 찰리 채플린은 삼류 유랑극단의 배우와 가수 사이에서 태어났다.

동서고금을 막론하고 시대를 바꾼 인물들은 모두 열등감 덩어리였다. 조선시대 최고의 과학자 장영실은 어머니가 기생이었으며, 한국 현대시의 초석 이상(李箱)은 겨울 밤 홀로 각혈을 하면서 시를 쓰던 결핵환자였다.

전 유럽을 무력으로 지배했던 나폴레옹은 난쟁이가 무색할 정도의 단신이었으며, 현대 우주물리학의 초석 스티븐 호킹은 루게릭병이라는 악성 질환에 시달리고 있었다.

아,

이쯤에서 그만 접는 것이 좋겠다. 열등감을 발판으로 성공에 이른 사람들을 빠짐없이 열거하자면 시간도 모자라고 기력도 모자란다. 성공한 사람들을 보면 무조건 지독한 열등감에 시달렸을 거라고 생각하면 틀림이 없다.

이제 결론을 말해 버리자.

만약 그대가 지금 지독한 열등감에 시달리고 있다면 나는 차라리 박수를 치고 싶다. 그대는 축복 받은 자이며 선택 받은 자이기 때문에 도대체 누구에게도 위로를 받을 이유가 없다. 오로지 성공을 위해 분골쇄신 노력하라.

그러나 먼저 그대 자신의 영달만을 위해서 성공을 기대하는 소인배를 그대 가슴 안에서 추방하라. 타인의 행복까지를 보장하지 않는 성공은 결코 진정한 성공이 아니다.

그리고 명심하라.

아무리 지독한 열등감에 시달리는 인간이라도 한 가지 장점은 간직하고 있나니 그 장점을 최대한 키우는 방법을 모색하라.

만 가지 열등감을 없애기 위해 싸움을 벌이면 백전백패할 가능성이 높고, 한 가지 열등감을 없애기 위해 싸움을 벌이면 백전백승할 가능성이 높다. 한 가지 열등감을 우월감으로 바꾸는 순간 놀랍게도 그대가 지금까지 간직하고 있던 만 가지 열등감이 모조리 사라져버릴 것이다.

만약 성공을 하면 그대는 세인들에게 귀감이 되는 인물로 지목될 것이며, 나아가 역사에 길이 빛나는 인물로 기억될지도 모른다. 그때는 수많은 추종자들이 그대를 따르겠지만 수많은 반대파들이 그대를 배척할지도 모른다.

하지만 반대파들의 동태에 지나치게 신경을 쓰지 말라. 그들은 예전의 그대처럼 지독한 열등감에 시달리고 있는 것이다. 그들은 때로 열등감을 우월감으로 위장해서 무지막지한 방법으로 그대를 공격할지도 모른다. 하지만 맞상대를 하지 말고 초연한 모습으로 응대하라. 그리고 다시 한 번 자연을 눈여겨보라.

바다를 느리게 유영하는 해파리는 하늘을 빠르게 비상하는 종달새의 울음에 절대로 신경을 쓰지 않고, 풀잎에 고치를 짓고 살아가는 번데기는 지하에 땅굴을 파고 살아가는 두더지의 부산함에 절대로 신경을 쓰지 않는다.

사촌이 논을 샀기 때문에 배가 아픈 사람들이 있다면 그대가 어떤 방법으로 논을 샀는가를 상세히 가르쳐주도록 하라. 그러나 만약 그대가 대성을 해서 자서전(自敍傳)을 쓸 일이 있다면 기필코 그대 손으로 직접 쓰기를 권유한다. 어설프게 성공한 사람들일수록 남에게 자서전을 의탁하는 악습을 가지고 있다. 하지만 그걸 어찌 자서전이라고 할 수 있으랴. 그건 분명히 타서전(他敍傳)이다.

그대여.

가급적이면 내가 이 세상에 살아 있는 동안 그대의 자서전이 세상에 나오기를 소망하나니, 온 세상이 잠들어 있더라도 이 밤 부디 그대만은 맑은 가슴으로 깨어 있으라.

작가 노트 10

세상에 태어나서
아무리 인생이 궁색해도
무식을 자랑하는 소치만큼 낯 뜨거운 일은
없다고 생각했었다.

그런데 인터넷을 떠돌다 보면
무식을 무슨 명문대 졸업반지처럼
손가락에 착용하고
유치찬란한 타발로
미친 칼을 휘둘러대는 또라이들도 많더라.

제 목구멍에 풀칠하기도 어려운 주제에
허구한 날을 키보드나 끌어안고
타인을 비방하는 즐거움 하나로 살아가는
잉여인간들도 많더라.

하지만 그들도 정작
가슴을 들여다보면
저 깊은 외로움 어딘가에
아름다운 생각 하나쯤은 간직되어 있겠지?

오늘도 자신이 만든 고치 속에 갇혀 굳은 의식으로 불만의 풍선껍이나 불어대고 있는 그대여. 언제까지 그 모습 그대로 살아가실 건가요.

쨍그랑, 그리고 원샷

— 시대에 뒤떨어진 그대에게

그대여.

지금 그대는 울적하구나. 저녁비 내리는 거리, 젖은 불빛들은 슬프도록 아름답지만 그대는 날마다 겉돌고 있었구나. 세상은 그대를 낙오병처럼 남겨두고 한사코 어딘가로 떠나고 있다. 그대의 친구도, 그대의 이웃도 그대가 모르는 사이 모두들 무슨 결탁이라도 한 것일까, 세상과 함께 바삐 어딘가로 떠나고 있다.

신문과 방송과 잡지들은 연일 난리법석을 떨어대지만, 그대는 아직 모른다. 인터넷이 무엇인지도 모르고, 테크노가 무엇인지도 모른다. 주식이 무엇인지도 모르고, 벤처가 무엇인지도 모른다. 하지만 그것을 모르는 사람이 그대 하나뿐은 아니다. 나 역시 아직 그것들이 지져 먹어야 되는 것인지 볶아 먹어야 되는 것인지 도무지 모르고 살아온 퇴물이다.

눈을 뜨면 날마다 옷을 갈아입는 저 세상. 거리로 나가보면 아무런 부끄러움도 없이 그대를 똑바로 쳐다보며 흘러다니는 배꼽들의 행렬. 찢어

진 청바지. 염색한 두발. 떡칠한 화장. 휘황한 유흥가 불빛 아래서 가래
침 같은 욕설들을 뱉어내는 부랑아들.

티브이를 시청하다 보면 대한민국은 국적을 완전히 상실해 버린 나라
다. 가수들은 노래를 부를 때 왜 한국어로 쓰여진 가사를 굳이 영어식으
로 발음할까. 창법도 안무도 의상도 베껴먹기에 여념이 없다. 처녀가 애
를 낳아도 할 말이 있다는데 하물며 베껴먹기라고 할 말이 없으랴.

하지만 미안하다. 자꾸만 거부감이 느껴져서 미안하다. 자꾸만 시대에
뒤떨어져서 미안하다.

스타크래프트는 무슨 공상과학영화 제목인 줄 알았다. 레게 파마는 레
이저 광선으로 지져서 만들어내는 파마인 줄 알았고, 인라인 스케이트는
기술이 서툰 아마추어들이 링크 안쪽 공간에서 스케이트를 즐기는 행위
라고 생각했다.

나중에 알고 보니 다 틀렸다. 미안하다, 국적불명의 생소한 이름들이

여. 그래, 늬들끼리 멋대로 자알 흘러가보아라.

　이제는 시대가 달라졌다. 온고지신(溫故知新)은 시궁창에다 처박아버리고, 무조건 새로운 풍조를 도입하고, 무조건 새로운 문물을 도입하고, 무조건 새로운 학문을 도입하고, 무조건 새로운 기술을 도입한다.

　우리는 왜 새로운 것들을 창조하지는 못하고 새로운 것들을 도입만 하는 것일까. 나로서는 도무지 짐작할 길이 없지만 그것들은 우리가 뭐라고 투덜거리든 개의치 않고 무서운 속도로 새로운 주류를 형성한다.

　그리고 대부분의 사람들이 열성적으로 그 새로운 주류에 편승한다. 자동차가 등장하면 열성적으로 운전 학원을 드나들고, 컴퓨터가 등장하면 열성적으로 컴퓨터 학원을 드나든다. 모피 코트가 유행하면 모피 코트를 입어야 직성이 풀리고, 서태지가 유행하면 서태지를 연호해야 직성이 풀린다.

　한때는 거국적으로 영어 열풍이 불어서, 끔찍도 하지, 어느 학부모는 유치원에 다니는 자기 아이가 알파벳의 알 발음과 엘 발음을 정확하게 하지 못한다는 이유로 혀를 수술했다는 보도까지 있었다.

　무슨 이유 때문일까.

　왜 그토록 열성적으로 새로운 조류에 편승해야 직성이 풀리는 것일까. 저 충격적이고 이질적이며 새로운 것들의 범람. 그것들을 무작정 익히고 배우고 연마해야 민족의 숙원이 빨리 이루어지고 인류의 평화가 빨리 도래한다고 생각하는 것일까.

　시대에 뒤떨어진 나로서는 도무지 알아낼 재간이 없다. 대저, 유행하는 것들치고 서양에서 유입되지 않은 것들이 몇 가지나 될까.

　세상은 얼마나 극단적인가. 혹자는 피씨방에서 컵라면으로 끼니를 때우며 삼박사일을 컴퓨터 앞에 앉아 오락으로 시간을 죽이다가 어처구니없게도 화장실에 가서 심장마비로 자신까지 죽여버리고, 혹자는 미쳤지,

부모님들이 생전에 피땀으로 장만한 논밭전지를 모조리 말아먹는다. 그러고도 정신을 차리지 못하고 친척들 돈까지 모조리 끌어당겨 주식을 사들인다. 또 혹자는 감언이설. 권모술수. 교언영색. 일확천금에 눈이 먼 놈들한테 잘 먹히는 초식이라면 가리지 않고 펼쳐 보이면서 재력 있는 친구들을 끌어들이고, 재력 있는 선배들을 끌어들이고, 재력 있는 이웃들까지 끌어들여서 장래야 보장이 되든 말든 일단 벤처를 차리는 일에 열을 올린다. 밤잠을 안 자고 열을 올린다.

아, 보기만 해도 피곤하고 바쁘고 지겹고 무서운 사람들. 세상은 이제 그들로써 전쟁터가 되었구나. 나는 사소한 일에 목숨을 거는 저들의 치열성에 진저리를 치면서 세상을 외면하고 싶은 기분에 사로잡힌다.

만약 별다른 이유도 없이 시대의 흐름을 쫓아가야 한다는 강박관념으로 목숨을 걸고 발버둥을 치는 것이라면, 그 시간에 고리타분하더라도 차라리 낮잠을 자거나 고전을 읽거나 산책을 하거나 거리를 방황하는 일상이 한결 평화롭고 행복하지 않을까라고 나는 생각해 보았다. 물론 나의 견해에 입에 거품을 물고 반론을 제기하는 사람들도 있을 것이다.

인정한다. 흘러간 칠십 년대의 대중가요 가사에도 유행 따라 사는 것이 제 멋이라는 구절이 있다.

하지만 누구에게나 유행이 인격을 대신하지는 않는다. 유행을 따르는 이들은 보편적으로 자신이 시대를 앞서 간다는 착각에 사로잡혀 있지만, 엄밀한 의미에서는 시대를 앞서 가는 것이 아니라 시대에 끌려 다니고 있는 것이나 아닐까. 하지만 내가 지적하고 싶은 보다 근본적인 문제는 내면의 부실이다. 내면의 부실이 바로 허영을 불러들인다.

동서고금을 막론하고 허영을 미덕으로 받아들였던 시대는 없다. 허영이라는 집안의 족보를 들추어보면 허장성세(虛張聲勢)라는 이름의 시조(始祖)를 필두로, 허비, 허상, 허물, 허사, 허례, 허식, 허욕, 허위, 허무, 허송, 허풍, 허전, 허망, 허접, 허탈—등의 자손들이 있는데 마지막 자손

실연의 고통이 두려워서 연애를 하지 않겠다는 사람이 있다. 그는 곧 죽을 것이다. 배탈이 두려워서 밥을 먹지 않을 것이므로.

인 허탈이 재산을 말아먹고 패가망신에 이르자 지금은 그 아들 허영이 이종사촌인 유행과 결탁해서 가계의 부흥을 모색하고 있는 중이다.

세속적인 인간들은 대부분 자신의 정신적 빈곤을 유행으로 위장하려는 속성을 가지고 있다. 그러나 위장한다고 정신적 빈곤이 충족되지는 않는다. 모든 시대는 그 자리에 오래 머무르지 않고 다시 새로운 시대가 시작된다. 그리고 충족되지 않은 정신의 빈곤 속에서 다시 새로운 유행이 번성한다.

그대여.

그대는 남들이 하고 있는 일을 자신이 하고 있지 않다는 사실에 조금도 열등감을 느끼지 말라. 그대가 인간답게 살아가기를 소망하고 있다면 그것으로 이 세상을 살아갈 자격과 가치는 충분한 것이다.

인간이 시대를 이끌어가는 것이지 시대가 인간을 이끌어가는 것은 아니다. 시대의 요구에 무조건 부응하는 인간이 오히려 인간을 부실하게 만든다. 인간은 어떤 경우에도 시대의 희생물이 아니다.

그대여.

그대는 부디 정도(正道)를 걸어가라. 무릇 정도를 걸어가는 자는 외형을 가꾸는 일보다 내면을 가꾸는 일에 주력하는 법. 그대는 시대의 흐름에 동요되지 말고 묵묵히 자신이 추구하는 세계를 향해 걸어가라. 그리고 날마다 자연을 눈여겨보라. 한 장의 나뭇잎에는 만 장의 진리가 내장되어 있나니 자연보다 더 큰 스승을 어디 가서 만나랴.

인간이 전하는 진리는 시대가 변하면 따라서 변하지만, 자연이 전하는 진리는 시대가 변해도 절대로 변하지 않는다.

바다는 십 년 전에도 저 모습 그대로 드넓었고, 하늘은 십 년 전에도 저 모습 그대로 드높았다. 천 년 후에도 저 모습 그대로 드넓을 것이며, 만 년 후에도 저 모습 그대로 드높을 것이다.

자연은 결코 유행을 만들지 않는다. 살구나무가 분홍꽃을 피운다고 대추나무까지 분홍꽃을 피우지는 않는다. 까마귀는 언제나 까만색이고, 파랑새는 언제나 파랑색이다. 기린은 언제나 목이 길고, 코끼리는 언제나 코가 길다.

그대여.

그대가 진실로 자유로운 인생을 살고 싶다면 흐르고 멈추는 일을 자연과 같이 하라. 흘러가는 것들은 그대로 흘러가게 하고, 멎어 있는 것들은 그대로 멎어 있게 하라. 비록 그대가 시대에 뒤떨어졌다는 이유 하나로 누군가 그대를 경멸하더라도 결코 분노하거나 탄식하지 말라. 그대를 경멸한 누군가도 언젠가는 반드시 구닥다리 인생으로 전락하게 되리니 대저 인생에 변함없이 간직될 것이 무엇인가.

그리고 부디 명심하라.

그대가 비록 시대나 유행에는 뒤떨어지더라도 가슴에 간직한 사랑만은 결코 뒤떨어지지 말아야 한다. 진정한 행복도 사랑에서 기인하는 것이며 진정한 평화도 사랑에서 기인하는 것이니, 보이는 모든 것을 사랑하고 들리는 모든 것을 사랑하라.

그대여.
이제 가까이 오라.
가까이 와서 저 비틀거리는 세상에 연민을 던지며 술을 마시자. 나도 젊은이들과 술을 마실 때는 원샷. 나로서는 건배라는 제의가 더 익숙하지만 조금이라도 그대들과 조화하겠다는 의미에서 원샷이다. 그리고 시대 조류에 발맞추는 능력은 그 정도로 끝이다.
자, 우리만이라도 맺어 있는 것들의 아름다움을 사랑하면서
쨍그랑,
그리고
원샷.

한 줄로 백 년을 버티는 속담, 소설가인 나로서는 참 부
럽다.

작가 노트 11

아침에
아끼던 조선 백자의 먼지를 닦아내다
그만
손이 미끄러져
조선 백자를 박살내버리고 말았어.
이상하게도
애석한 기분은 들지 않았어.
그동안 도자기라는 이름으로 삼백 년을 살았으니
이제는
본래의 이름으로 되돌아갈 때가 되었을지도 모르지.

창문을 열었어.

비로소

흩날리는 폭설 속으로

허연 갈기를 나부끼며

빠르게 내달아 가는 시간이 보였어.

나도 헌혈을 하고 싶다. 내 피로 죽어가는 사람을 살릴 수 있다는 것은 얼마나 거룩한 일인가. 하지만 간호사 언니들은 단호한 표정으로 나를 거부한다. 오히려 헌혈을 받아야 할 처지라는 것이다. 결국 나는 피 같은 글을 쓰는 수밖에 없다. 육신의 피는 헌혈할 수 없지만 영혼의 피는 헌혈할 수 있다는 신념으로.

수전유죄 인전무죄

─돈을 못 버는 그대에게

그대여.

돈이 없다고 너무 낙담하거나 슬퍼하지 말라.

단지 그대는 아직 돈하고 인연이 닿지 않았을 뿐이다. 꽃 피는 시절이 따로 있고 잎 지는 시절이 따로 있나니, 지금의 그대를 나무에 비유하면 한겨울의 활엽수, 앙상한 가지만 남아 있다.

재수 없는 포수는 곰을 잡아도 웅담이 없다는 속담이 있다. 그대가 그 꼴이다. 선착순 퀴즈에 응모를 해도 바로 앞번호에서 선착순이 끝나고, 하다못해 흔해빠진 제비뽑기를 하더라도 꼴찌가 아니면 꽝을 달고 다닌다. 무슨 일을 하더라도 실속이 없으므로 젠장할. 그대는 무력감에 포박되어 아무 일도 손에 잡히지 않는다.

여름에도 그대 마음의 온도계는 자꾸만 영하로 내려가고 하루를 살아가는 일이 마치 살얼음판을 걷는 듯 위태롭다. 어깨를 잔뜩 웅크리고 홀로 거리를 배회하면 휘황한 불빛 아래 화사한 웃음을 베어 물고 거리를 활보하는 사람들. 그대는 극심한 소외감에 치를 떤다. 어디를 가든지 그대 발길이 머무는 곳에는 무력감에 불어터진 시간의 시체들이 누워 있다.

그대 가슴에 커다란 구멍이 뚫리고 그리로 끊임없이 칼바람이 지나간다. 그대 수중에 돈이 떨어졌다는 사실이 자명해지는 순간 얼마나 많은 것들이 그대를 떠나갔던가.

제일 먼저 인격이 그대를 떠나갔다. 그 다음에는 희망이 슬그머니 등을 돌렸고 다정하던 친구도 어느 날 갑자기 연락이 끊어져버렸다.

그러나 무엇보다 치명적인 일은 사랑마저 그대 가슴에 결별의 대못을 박고 냉담한 표정으로 돌아섰다는 사실이다. 도대체 어떤 미친 놈이 사랑을 아름답다 했는가. 결별에 대한 방어책이 없다면 사랑은 최악의 형벌이다.

그러나 이제 그대는 모두 잊어야 한다.

저 살벌한 생존의 전쟁터에서 끝까지 살아남기 위해서는 그대를 버렸던 모든 것들을 망각의 강물에 떠내려 보내야 한다. 비록 가슴은 아프지만 이제는 미련의 창문을 닫아야 한다.

단지 그대가 돈이 없다는 이유 하나로 그대에게서 도망쳐버린 것들이라면, 그대 곁에 영원히 머문다 한들 도대체 무슨 가치가 있단 말인가. 인간은 육체와 정신과 영혼으로 이루어진 존재이거늘 어찌 물질적 재산에 기준해서 가치를 가늠할 수가 있겠는가.

하지만 그대가 정신적 재산을 중시할수록 그대는 짙은 고독 속에 빠져들 것이다. 돈이 떨어졌을 때 현실 속에서 마지막까지 그대 곁에 있어줄 친구는 비참하지만 컵라면 하나뿐이다. 그대는 허구한 날을 컵라면으로 끼니를 때우게 된다. 그리고 컵라면이 없었더라면 돈 없는 사람들이 어떻게 이 세상을 살아갈 수 있었을까를 생각하게 된다.

그때마다 그대는 거룩한 컵라면에게 감동을 받는다. 감동을 받으면서

한편으로는 한정없이 초라해지는 자신을 보게 된다. 그대는 거미줄에 포박된 채 꼼짝달싹도 하지 못하는 한 마리 파리같이 초라하고 무력해진 자신의 모습을 자각할 때마다 죽고 싶을 정도로 극심한 혐오감에 사로잡힌다. 그러나 아직 절망은 금물이다.

그대여.

나는 어느 책에서 기상천외한 파리 이야기를 읽은 기억이 있다. 파리 한 마리의 몸값이 한화 일조 원에 해당하는 금액이라면 과연 그대는 믿을 수가 있겠는가. 놀라지 마시라. 몸값 일조 원짜리 기상천외한 파리 이야기는 실화다. 지금부터 본격적인 이야기를 시작하겠다. 두그당.

고대 로마에 버질이라는 시인이 있었다. 그는 막대한 인기와 엄청난 재산을 소유하고 있었다. 그런데 어느 날 정부가 부유층의 노는 땅을 몰수해서 퇴역 군인들에게 나누어준다는 법령을 발표했다. 거 무슨 마른 하늘에 날벼락 같은 소리냐, 버질은 밤새도록 머리를 쥐어뜯으면서 생각했다. 땅을 몰수 당하지 않는 방법이 없을까. 그리고 마침내 기상천외한 방법 하나를 생각해 내었다.

법령에는 가족이나 친지의 무덤이 있는 땅은 몰수하지 않는다는 조항이 있었다. 버질은 즉시 파리 한 마리를 잡아서 지그시 몸통을 눌러 숨통을 끊어버리고 사회 각계 인사들에게 전대미문의 부고장(訃告狀)을 돌렸다. 자신이 가족처럼 아끼던 애완동물이 죽었으니 부디 장례식에 참석해 달라는 부고장이었다.

그리하여 사회 각계 인사들의 애도와 비탄 속에서 성대하고도 엄숙하게 파리의 장례식이 치러졌다. 물론 파리의 무덤은 몰수 위기에 처해 있던 버질의 땅을 안전하게 지켜주었다. 그때 파리의 장례비로 쓰여진 돈이 미화로 십억 달러, 한화로는 일조 원이 넘는 금액이었다.

얼마나 그대를 주눅 들게 만드는 이야기인가. 상식적으로는 도저히 납득할 수 없는 이야기지만 돈질 하나로 매사를 해결하는 부류들은 하층민들이 생각조차 할 수 없는 사건들과 해결책을 끊임없이 만들어낸다.

이따금 그런 부류들을 보면 돈이 인생의 전부 같다는 생각이 들 때가 있다. 그대의 청춘은 아직도 끝나지 않았는데 슬프게도 돈만이 그대를 구원할 수 있다는 생각이 들 때가 있다. 돈 없으면 집에 가서 빈대떡이나 부쳐 먹지 어쩌구 하는 노래는 가사에 문제가 있다. 돈이 없으면 빈대떡을 부쳐 먹을 재료조차 구할 수가 없는 것이다.

하다못해 한 달 동안을 꼼짝달싹도 하지 않고 방구석에만 처박혀 있어도 돈이 들어간다. 이런 세상에서 돈이 없다니, 그대로 산송장이 아니고 무엇이랴.

하지만 그대여.

버질에 대해 다시 한 번 생각해 보자. 그는 파리 한 마리의 장례식을 치른다는 명분으로 거금 일조 원을 아낌없이 날려버렸다. 만약 난치병에 시달리는 사람을 만났을 때도 그가 거금 일조 원을 아낌없이 회사할 수 있었을까.

나는 그러지 못했을 거라고 생각한다. 죽은 파리는 그의 재산을 지켜주는 일에 일조를 했지만 난치병에 시달리는 사람은 그에게 아무런 경제적 이득을 가져다 주지 않는다. 물질적 재산에 영혼을 빼앗긴 사람들은 절대로 정신적 재산의 소중함을 인정하지 않는다. 정신적 재산이라니, 그들에게는 컵라면 옆구리 터지는 소리에 불과하다.

　그러나 그대가 진실로 인간이라면 무엇을 부러워하랴. 오로지 물질적 척도에 기준해서 인간을 파리보다 못한 존재로 생각하는 놈들은 스스로 인간이기를 포기해 버린 놈들이다. 극단적으로 표현하자면 짐승이거나 벌레이기를 선택한 놈들이다. 재산을 끌어모을 수만 있다면 수단과 방법을 가리지 않는 인간들, 그들에게는 인륜도 존재하지 않고 천륜도 존재하지 않는다.

　재벌 총수가 세상을 하직하면 미처 사십구재가 끝나기도 전에 친인척들끼리 치열한 재산 싸움을 전개한다. 인륜을 시궁창에다 처박아버리고

일반 커뮤니티에서 때로 타인의 기분은 생각지도 않고 자신의 감정이나 주장만을 함부로 배설해 버리는 미숙아들이 있다. 자제를 요청하면 왜 다양성을 수용하지 못하느냐고 힐난한다. 하지만 아냐 즐, 다양성이 곧 정당성은 아니다.

천륜을 쓰레기통에다 내던져버리지 않고서야 어찌 그런 철면피한 짓을 자행할 수가 있단 말인가.

그대여, 기억하는가.

성수대교와 삼풍백화점과 씨랜드의 참극들을. 세상의 모든 부조리는 물질적 재산에 영혼을 팔아먹은 자들이 만들어낸다. 단순히 부자가 되기 위해서만 한평생을 살아가야 한다면 인생은 얼마나 저급하고 허망한 것인가.

세계 제일의 거부였던 록펠러는 지천명(知天命)의 나이에 암선고를 받았다. 하지만 아무도 자신의 병고를 진심으로 슬퍼하는 사람들이 없었다. 가족들도 친척들도 친구들도 록펠러의 재산이 어떻게 분배될 것인가에만 지대한 관심을 기울였다. 세계 제일의 거부 록펠러는 그때야 비로소 깨달았다. 지금까지 자신이 인생을 헛살았다는 사실을. 그는 자신이 평생을 바쳐서 쌓아올린 재산을 모조리 사회에 환원시켜 버렸다. 그러자 놀랍게도 암이 완치되었다. 그는 천수를 다하고 평온한 마음으로 이 세상을 하직할 수 있었다.

　그러나 청빈은 자랑이 될 수 있어도 극빈은 자랑이 될 수 없다는 말이 있다. 청빈은 정신적 재산을 가진 사람이 물욕을 멀리해서 생기는 현상이다. 하지만 극빈은 정신적 재산도 없고 물질적 재산도 없는 사람이 노력조차 하지 않을 때 생기는 현상이다.

　그대가 만약 정신적 재산도 없으면서 노력조차 하지 않는 사람이라면 그야말로 문제가 심각하다. 그대는 지금부터 분발할 필요가 있다. 아무 노력도 기울이지 않고 컵라면에서 해방되겠다는 생각부터 버려야 한다. 그대가 사대육신이 멀쩡한 사람이라면 적어도 자신의 의식주 정도는 자신이 해결할 수 있어야 한다.

　절대로 대박주의나 한탕주의에 물들지 말라. 불과 초등학교 사오학년밖에 안 된 소년소녀 가장들도 신문팔이 봉투접기로 동생들을 보살피면서 학업을 이어간다.

　작은 돈을 하찮게 생각하는 사람이 큰 돈을 거머잡은 사례가 없나니,
대박주의나 한탕주의는 그대의 인생을 저급하게 만들고 그대의 인격을
치졸하게 만든다.

　무전유죄(無錢有罪) 유전무죄(有錢無罪). 돈이 얼마나 큰 위력을 가
지고 있는가를 단적으로 대변해 주는 말이다.

　그러나 달리 생각해 보면 돈이 얼마나 인간을 타락시키는가를 단적으
로 대변해 주기도 한다. 수전유죄(獸錢有罪) 인전무죄(人錢無罪). 짐승
의 마음으로 벌어들인 돈은 죄가 되지만, 인간의 마음으로 벌어들인 돈
은 죄가 되지 않는다. 그러나 세상에 존재하는 거부들 중에 인간의 마음
으로 재산을 쌓아올린 거부들이 과연 몇 명이나 존재할까.

　그대여.

지금부터 돈을 새로운 시각으로 바라보자. 우리는 돈을 무생물로 분류하고 도저히 소통이 불가능한 존재로 단정한다.

과연 그럴까.

절대로 그렇지 않다. 가슴 안에 사랑이 가득한 사람은 어떠한 사물과도 정신적 소통이 가능하다고 믿는다.

그대여.

그대가 돈을 진실로 사랑하지 않는다면 어찌 돈이 그대 곁으로 가까이 오기를 바라겠는가. 하지만 집착이나 욕망을 사랑으로 착각해서는 안 된다. 집착이나 욕망이 자리하고 있는 가슴에는 절대로 진정한 사랑이 둥지를 틀지 않는다.

만약 그대가 진심으로 돈과의 소통을 기대한다면 지금부터라도 돈을 감정을 가진 생물로 생각하라. 그리고 절대로 돈을 욕하지 말라. 썩을 놈의 돈이라고도 말하지 말고, 개 같은 놈의 돈이라고도 말하지 말고, 더러운 놈의 돈이라고도 말하지 말고, 빌어먹을 놈의 돈이라고도 말하지 말라.

그런 폭언들을 입에 달고 다니면서 돈이 가까이 오기를 바라는 소치는 개를 몽둥이로 두들겨 패면서 꼬리를 흔들어주기를 바라는 소치나 다름이 없다. 생물이든 무생물이든 자기를 진실로 좋아하지 않으면 곁에 머물러주지 않는다. 돈이라고 어찌 다르겠는가.

대체로 가난한 사람들의 공통점은 돈을 원수처럼 생각한다는 것이다.

하지만 그대여 명심하라.

그대가 원수처럼 생각하는 것들은 자꾸만 그대로부터 멀어지기 마련이다. 이것은 우주의 법칙이자 자연의 법칙이다.

도대체 돈이 인간에게 무슨 잘못을 저질렀는가. 돈은 편리한 생활을 목적으로 인간이 만들어낸 도구의 일종이다. 그것을 짐승 같은 마음으로 벌어들이고 짐승 같은 마음으로 쓰는 인간들이 문제였다. 지금까지 돈에게는 아무런 문제가 없었다. 돈의 입장에서 생각해 보면 인간은 정말로 난해한 동물이다. 자신들의 편리한 생활을 목적으로 돈을 만들어놓고 자신들이 돈의 노예로 전락해서 고통과 불편을 겪고 있다.

그대여.

비록 작은 돈이라고 결코 하찮게 생각지 말라. 티끌 모아 태산이라는 속담은 이럴 때 써먹으라고 만들어진 것이다. 얼마나 액수가 많은가에 관심을 기울이지 말고, 얼마나 아름답게 벌었는가에 관심을 기울이도록 하라. 그대가 정당한 노력으로 벌어들인 돈이라면 아무리 적은 돈이라도 정말로 가치 있고 아름다운 돈이다.

자, 그대여.

절망과 비애를 쓰레기통 속에 처박아버리고 세상 만물을 사랑하는 마음 하나만 간직한 채 밖으로 나가자. 밖으로 나가서 그대의 희망이 어디에 숨어 있는지를 물색해 보자.

누구에게나 아침은 온다. 그러나 누구에게나 아침이 찬란한 것은 아니다. 만약 그대의 아침이 찬란하지 않다면 태양을 탓하지 말고 그대 자신을 탓하라. 그대의 모든 미래는 그대 자신이 만들어가는 것이다.

작가 노트 12

물질에 천착하는 인간들은
눈에 보이지 않는 것들보다
눈에 보이는 것들을 중시하는 성향이 있지만
알고 보면
눈에 보이지 않는 것들이
눈에 보이는 것들을 지배하는 경우가 대부분이다.

이것 한 가지만 알아도 성품이 달라지고
인생이 달라진다.
이 말 속에
인생역전의 비밀이 숨겨져 있다.

4장

그대가 그대 인생의 주인이다

언어는 생물이다. 아무리 아름다운 단어라도 눈물에 적시지 않고 파종하면 말라죽는다.

그대와 나와 강아지의 코

—종교 때문에 싸우고 있는 그대에게

그대여.

우리는 우주 전체를 뒤집어보아도 똑같은 존재가 전무하다는 사실을 너무나 잘 알고 있다.

그렇다, 하나의 국화빵 틀에서 동시에 찍어낸 국화빵들조차도 저마다 다른 모양 다른 빛깔들을 가지고 있다.

하지만 우리는 그렇다는 사실을 결코 부정하지 않으면서도 자신의 안팎에 있는 것들이 자신과 똑같지 않다는 사실 때문에 끊임없이 격렬한 갈등과 투쟁에 휘말린다.

종교도 마찬가지다.

세상에는 종교가 다른 민족이 있고, 종교가 다른 국가가 있으며, 종교가 다른 사회와 단체, 종교가 다른 친척과 부모, 종교가 다른 형제와 자매, 종교가 다른 남편과 아내, 종교가 다른 친구와 선배, 종교가 다른 개와 고양

이, 그리고 종교가 다른 악령과 마늘, 종교가 다른 촛불과 사랑이 있다.

하지만 정말 끔찍도 하지, 아직도 종교전쟁은 지구상에서 완전무결하게 종식되지 않았다.

무릇 종교의 역사는 전쟁의 역사였나니 아무리 유구한 역사와 전통에 빛나는 민족이라도 일단 종교가 지나가면 피바람에 흔들리는 쑥대밭, 하늘에는 귀곡성이 가득하고 땅에는 시체들이 즐비하였다. 어떤 신도 이를 평정하지 못했으며 어떤 교리도 이를 막아내지 못했다.

뿐만 아니라 그대마저도 아직까지 종교 때문에 인생이 흔들리고 종교 때문에 사랑이 흔들린다. 빌어먹을. 인간의 영혼이란 얼마나 나약하고 위태로운가. 그대는 아직도 전쟁중이다. 때로는 집단과 싸워야 하고 때로는 개인과 싸워야 한다.

그대는 그대의 거룩한 신을 위해 투쟁을 불사하고 혹은 그대의 믿음을 위해 희생을 불사한다. 그때마다 그대의 순결한 믿음에 상처가 생기고 그대의 지고한 사랑에 피가 흐른다. 뿐만 아니라 도처에 사이비 교주들까지 출몰해서 믿음과 사랑과 소망과 구원을 미끼로 연약한 영혼들을 유린하고 단란한 가정들을 파괴한다. 얼마나 끔찍하고 어리석은가.

그릇된 종교는 마약처럼 황홀한 시작을 가져다 주면서도 어김없이 독약처럼 처참한 종말을 가져다 준다. 하지만 그대도 모든 사실을 잘 알고 있다. 잘 알고 있으면서도 속수무책, 그대는 갈등이라는 이름의 저인망 그물에 갇혀버린 한 마리 연약한 물고기. 한 번씩 구원의 몸부림을 칠 때마다 영혼의 비늘만 무수히 떨어진다.

그러나 기력이 다하기 전에
그대여 숙고해 보라.

기독교 식으로 말하자면 태초에 신은 아담과 이브라는 두 명의 인간만을 창조하셨다. 그러나 인간은 엄청나게 많은 신들을 양산했다. 왜일까. 왜 그런 가증스러운 일을 저질렀을까. 왜 그토록 조잡, 복잡, 난잡한 신들이 다량으로 필요했을까.

　지금도 인간은 끊임없이 새로운 신들을 만들어내고 있다. 영안으로 양질을 검토해 보면 조잡, 복잡, 난잡의 수준은 그대로다.

　무슨 허깨비 같은 사랑인가. 단지, 인간들은 욕망에 의해서 신을 만들어낸다. 인간이라는 이름의 동물들에게는 하나의 욕망이 곧 하나의 신이다. 어처구니없게도 인간이라는 이름의 동물들은 자신들이 양산한 신들을 신봉하면서 자신들을 창조한 신들을 퇴출시켜 버렸다.

　나는 오늘 그대를 위해 날밤을 새우면서 인간을 창조한 오리지널 신에게 그대의 전쟁이 하루라도 빨리 종식되기를 글로써 기도하나니, 마음이 진실하다면 기도가 끝난 다음 종결 부분이 아멘이면 어떠하며 나무아미 타불이면 어떠하랴.

그대여.

모든 신들은 한결같이 인간이 사랑하고 자비로워지기를 간절히 원하고 또 원하셨다. 사랑하고 사랑하며 사랑하라. 자비롭고 자비로우며 자비로워라. 사랑 더하기 사랑, 자비 곱하기 자비. 빼기로 계산하는 놈도 용서하고 나누기로 계산하는 놈도 용서하라. 어떤 교리도 실천하지 않으면 닭 우는 소리나 개 짖는 소리와 무엇이 다르랴.

그러나 불행하게도 세상에는 그 가르침을 실천하기보다는 재단의 세력을 확장하고 재물을 비축하는 일에만 눈알이 충혈된 종교인들이 부지기수로 널려 있다. 그들은 종교가 다르다는 이유만으로 서로를 미워하고 배척하기를 서슴지 않는다. 그들의 논리는 간단하다. 내가 믿는 종교만이 참 종교요, 네가 믿는 종교는 사이비다. 하지만 단언컨대, 그들은 아직 종교적으로 부화되지 않았다. 어쩌면 그들은, 배타와 이기의 껍질을 탈피하지 못한 채 영원히 무정란으로 살아갈지도 모른다.

신은 전 세기를 통틀어 단 한 번도 배타와 이기를 가르친 적이 없다.

나는 그들에게 묻고 싶다. 만약 예수님과 부처님과 공자님이 한자리에서 만난다면 서로를 어떤 마음으로 대할까를. 서로를 마귀나 사이비로 몰아붙이며 먹살잡이를 불사하시거나 아니면 세력을 과시하기 위해 회칼이나 각목들을 지참한 조폭들을 불러모으실까. 또 아니면 높디높은 성전이라도 신축하겠다는 명분으로 한바탕 설교설법을 펼치시고 서로에게 재산 헌납을 종용하실까. 천지개벽을 골백번 하더라도 절대로 그런 코미디는 연출되지 않을 것이다.

감성이 고갈된 인간은 천박한 욕망 덩어리에 불과하다.

하지만 이기와 배타의 껍질에 싸여 있는 분들은 대답해 보시라. 왜 그대들은 거룩한 분들의 이름을 빙자해서 그분들이 한 번도 가르치거나 실천해 본 적이 없는 코미디에 혈안이 되어 있는가.

그대여.

나는 종교의 본질을 사랑과 자비로써 모든 것을 포용해서 우주만물을 창조하신 신의 뜻을 이해하는 것이라고 믿고 있다.

진정한 종교인은 모든 종교를 포용할 수 있다. 그는 세상만물을 사랑할 수 있으며 끝없이 자비롭고 또 자비로울 수 있는 사람이다. 그들은 예수님이 원하지 않은 것, 부처님이 원하지 않은 것을 결코 행하지 않는다. 높고 거대한 것에 눈을 돌리지 않으며, 보다 낮은 곳에서 작고 가까이 있는 것부터 사랑하고 사랑하고 또 사랑하며 살고 있다.

테레사 수녀를 보라. 그녀는 한평생을 신의 가르침을 실천하는 데 쏟

왔지 가르침에 대해 논쟁하거나, 이교도를 굴복시키기 위해 힘을 쏟은 적이 없었다. 힌두교를 믿는 병자라고 해서 문을 걸어 잠근 적이 없었으며, 자신이 돌보는 병자에게 예배 참석과 헌금을 강요하지 않았다. 그녀는 오로지 신의 가르침대로 끝없이 사랑하고 끝없이 자비로웠을 뿐이다. 그리고 그것이 바로 종교의 본질이다.

그대여,

신은 모든 이에게 임해 있고 모든 생명에게 임해 있다. 우주의 어떤 기운도 혼자만의 것은 없으며 그것은 모두 서로 나누고 베푸는 데에 쓰여지게끔 존재하는 것이니, 부처님의 코로 들어갔던 공기가 우주의 순환을 따라 예수님의 코로 들어가는 것이며, 공자님의 코로, 그대와 나의 코로, 저 골목에서 뛰어노는 강아지의 코로 들어가는 것이다.

진정한 종교에는 네 것과 내 것이 없으며, 증오와 미움이 없다. 그것은 따지고 해석하는 것이 아니라 가슴으로 느끼고 실천하는 것이다. 그것이

진정한 종교다.

나는 그대가 어떤 종교를 믿는지에는 그다지 관심이 없다. 중요한 것은 그대가 어떤 가르침을 깨우치고 그것을 실천하며 사는가라는 것이다. 그리고 그 가르침대로 이제 그토록 오랫동안 우리를 괴롭혀온 종교전쟁이 세상에서 종식되기를 글로써 간절히 기도한다.

이 기도에 그대 역시 함께 손을 모아주리라 나는 믿는다. 봄날 개천을 건너가는 저 나비들은 교회를 다닌 적이 없어도 어째서 저토록 아름다우며, 가을날 들에 핀 저 풀꽃들은 절간을 다닌 적이 없는데 어째서 저토록 아름다운가.

아멘. 어, 아닌가.

그럼 나무아미타불.

이것도 아닌가.

젠장, 종교의 본질인 사랑을 체득하지 않는다면 도대체 이런 것들이 다 무슨 소용이란 말인가.

아직 그대 가슴에 사랑이 꽃피지 않았다면 그대 가슴이
너무 척박하거나 아직 누구에게도 사랑의 씨앗을 파종
하지 않았기 때문일지도 모릅니다. 그대는 인간이라는
사실 하나만으로도 분명 사랑받을 자격이 있습니다.

작가 노트 13

어디에 산이 있으며 어디에 물이 있는가.

산은 정지해 있으되
능선은 흐르고 있고,

강은 흐르고 있으되
바닥은 정지해 있다.

그대가 두 가지를
다 보았다고 하더라도
아직
산과 강의 진정한 모습을
보았다고는 말하지 말라.

산은 산이 아니고
물은 물이 아니다.

그대가 이름을 모른다고 산야에 피는 풀꽃들을 모두 잡
초라고 생각지는 마세요.

특별한 그것

—장애로 고통받는 그대에게

그대여.

세인들은 그대를 장애인으로 규정한다. 하지만 나는 그대가 장애인이라는 사실에 연민과 동정을 보내고 싶지는 않다. 차라리 저 모순과 결함 투성이의 세상에 대해 한없는 연민과 동정을 보내고 싶다. 지금까지 내가 보아온 대부분의 장애인들이 자신 때문에 장애를 느끼는 경우보다는 세상 때문에 장애를 느끼는 경우가 더 많았기 때문이다.

자신을 완전무결한 존재라고 생각하는 인간은 사실, 어떤 의미에서는 구제불능의 완전무결한 장애인이다. 구제불능의 완전무결한 장애인은 등급을 따지자면 초특급에 해당한다. 전지전능하신 하나님조차도 정상인으로 만들어놓기가 그리 쉽지는 않으실 거라는 생각이다.

인간으로 살아가면서 자신을 완전무결한 존재로 생각한다는 것은, 까무러치겠네, 자신을 조물주라고 생각하는 소치나 다름이 없기 때문이다.

내 개인적인 안목으로는 성인을 대상으로 하여 크게 네 종류로 인간의 장애를 분류할 수 있겠다. 신체는 멀쩡한데 정신이 고장난 경우, 정신은 멀쩡한데 신체가 고장난 경우, 신체와 정신이 모두 고장난 경우, 그리고 신체와 정신이 모두 멀쩡한 경우. 마지막 항목을 고려해서 성인을 대상으로 한다는 사실을 미리 전제했음을 참조하시라. 어린이들은 신체와 정신이 멀쩡해도 장애가 아니다. 그러나 성인이 그러하다면 분명 심각한 장애다.

세인들은 내게 따질지도 모른다. 다른 경우는 어느 정도 납득이 되지만 신체와 정신이 모두 멀쩡한 경우를 장애의 범주에 포함시키는 것은 납득이 되지 않는다고. 그런 사람들을 위해서 간단하게 해명해 드리겠으니 복잡하게 따지는 분들이 없으시기 바란다.

이 썩어 문드러진 세상에서 과연 성인이 신체와 정신이 멀쩡한 상태로 살아갈 수가 있겠는가. 그리고 신체와 정신이 멀쩡한 상태로 살아가자면 얼마나 인생이 불편하겠는가. 인생이 불편하다면 그것은 분명 장애를 겪고 있다는 사실과 동일하다.

나는 지금까지 내가 숱하게 보아온 몇 가지 열 받는 광경들을 그대에게 말해 주고자 한다.

그대여.

나는 보았다. 남의 피나 빨아먹고 살아가는 모기들이 호랑이를 보고 날개가 없으니 저건 병신이 분명하다고 쑥덕거리는 장면을. 그리고 보았다. 떼를 짓지 않으면 도저히 혼자 살아갈 수 없는 멸치들이 코끼리를 보고 지느러미가 없으니 저건 병신이 분명하다고 조잘거리는 장면을.

또 보았다. 음습한 틈바구니에 숨어 음식이나 노략질하면서 살아가는 바퀴벌레들이 독수리를 보고 더듬이가 없으니 저건 병신이 분명하다고 키득거리는 장면을.

나는 보았다. 그리고 지금도 보고 있다. 그대 역시 보았을 것이며 지금도 보고 있을 것이다. 호랑이를 손가락질하고, 코끼리를 비아냥거리고, 독수리를 능멸하기를 서슴지 않는 모기들과 멸치들과 바퀴벌레들을.

생명을 가진 모든 것들에게도, 생명이 없는 모든 것들에게도 하나님의 거룩한 신성이 깃들어 있거늘, 자신의 얼굴에 묻은 똥은 보이지 않고 남의 바지에 묻은 겨만 보이는 눈으로 세상을 척도하면서도 자신을 정상인으로 착각하는 사람이 있다면, 그 사람이야말로 연민과 동정을 따따블로 받아야 마땅할 사람이 아니겠는가.

그가 아무리 사대육신이 멀쩡하고, 그가 아무리 이목구비가 수려하고, 그가 아무리 오장육부가 건전해도 마음이 비뚤어져 남을 괴롭히고 세상을 망치는 일에 즐거움을 느끼는 존재라면 단언컨대, 그는 어떤 장애인보다 심각한 장애인이다.

인간은 사대육신, 이목구비, 오장육부만으로 이루어진 물질 지향적 생

명체가 아니다. 동양 철학에 입각하면 인간은 정(精), 기(氣), 신(神)으로 이루어진 정신 지향적 생명체다.

촛불에 비유하면 정(精)은 초의 동체에 해당하고, 기(氣)는 초의 심지에 해당하며, 신(神)은 초의 불꽃에 해당한다.

초는 세상의 어둠을 밝히기 위해서 존재한다. 초가 만약 물질 지향적인 존재였다면 인간들은 초를 이용해서 무엇을 태운다는 사실을 중시했을 것이다. 그러나 인간들은 초가 어둠을 밝힌다는 사실에 더 큰 존재적 가치를 부여한다.

지위고하를 막론하고 인간으로서 살아가는 동안 그가 세상의 어둠을 밝히는 존재로 존립하지 않는다면, 도대체 무슨 가치와 의미를 지닐 수 있단 말인가. 정상인을 자처하면서 오로지 자신의 영달만을 위해 물질적 이득만을 추구하는 인생, 출세를 위해서라면 수단과 방법을 가리지 않고 동분서주하기를 생활신조로 삼으면서 때로는 자신과 타인을 끝없는 어둠의 구렁텅이로 몰아간다면, 또는 그 사실을 알면서도 마비된 양심으로 같은 짓거리를 반복한다면, 그는 어떤 장애인보다 한심하고 불쌍한 장애인이다.

그들은 지겹기도 하지, 한평생 베토벤을 손가락질하면서 살아갈지도 모른다. 한평생 스티븐 호킹을 비아냥거리면서 살아갈지도 모른다. 또한 한평생 헬렌 켈러를 능멸하면서 살아갈지도 모른다.

같은 인간으로서 어찌 부끄럽고 죄스럽지 않으랴. 하지만 저들은 심각한 장애를 겪고 있으면서도 자신을 정상인으로 착각하고 있으니, 어찌 국어사전에 수록된 정상인 세 글자가 동시에 울화통을 터뜨리지 않으랴.

그대여.

모든 인류는 장애인이다. 우리는 모두 오만과 편견, 아집과 기만, 시기와 질투, 불신과 모함, 그 밖에도 헤아릴 수 없이 많은 장애들을 간직하고 있으며 그 장애들 속에서 변함없는 침략의 역사, 변함없는 선혈의 역사를 별다른 반성, 별다른 개선도 없이 수천 년 동안이나 되풀이하고 있다.

나는 그대가 모기들의 손가락질에 개의치 않기를 바라고, 멸치들의 비아냥거림에 동요되지 않기를 바라고, 바퀴벌레들의 능멸에 상처받지 않기를 바란다.

하나님은 어쩌면 세상의 어둠을 보다 효과적인 방법으로 물리치기 위해 그대에게 특별한 장애를 부여하셨는지도 모른다. 그런 연유로 그대의 어깨는 세인들이 말하는 정상인보다 몇 배나 무거울 수밖에 없는 것이다.

그대여.

모기들을 모두 용서하고, 멸치들을 모두 용서하고, 바퀴 벌레들을 모두 용서하라. 너그럽게 용서하라. 저들은 아직 암흑 속에 갇혀 사랑의 눈부심을 알지 못하나니 그대가 먼저 저들을 사랑으로 감싸 안으라. 베토벤처럼, 헬렌 켈러처럼, 스티븐 호킹처럼 눈물을 삼키면서 부단히 실력을 연마하라.

그대가 먼저 어둠을 환하게 밝히는 촛불이 되어 저들을 광명으로 이끌어주는 선각자가 될 때까지.

작가 노트 14

소나무는 멀리서 바라보면
참으로 의연한 자태를 가지고 있다.
그러나 가까이서 바라보면
인색한 성품을 그대로 드러내 보인다.
소나무는 어떤 식물이라도
자기 영역 안에서 뿌리를 내리는 것을
절대로 허락하지 않는다.

소나무 밑에서 채취한 흙을 화분에 담고
화초를 길러보라.
어떤 화초도
건강하게 자라서 꽃을 피울 수가 없다.
그래서 대나무는 군자의 대열에 끼일 수가 있어도
소나무는 군자의 대열에 끼일 수가 없는 것이다.

여자는 실연을 당하면 '내게서 그 남자가 사라져버렸다'라는 사실보다 '내가 그 남자에게서 사라져버렸다'라는 사실을 더 견딜 수 없어 한다.

똥과 목숨

—자살을 꿈꾸는 그대에게

그대, 지금 자살을 꿈꾸고 있는가.

젊었던 시절에는 나도 자살을 꿈꾸어본 적이 있었네. 내 젊었던 시절은 빈곤의 연속이었어. 기억하고 싶지 않을 정도로 끔찍했지. 끝없는 굶주림, 뼈저린 고독, 참담한 절망감, 그런 것들만 끊임없이 내 목덜미를 물어뜯고 있었지.

젊음이 아름답다는 말은 정말로 개소리였어. 어디를 가도 내가 안주할 요람은 없었지. 도처에 무덤만 시커먼 아가리를 벌리고 있었어. 모든 공간이 폐쇄되고, 모든 소통도 단절되고, 모든 시간이 부패되고, 모든 신념도 매몰되고, 빌어먹을, 맹목의 오랜 방황을 거쳐 마침내 당도한 벼랑 끝, 나를 위해 준비된 안식은 오로지 자살뿐이었네.

삶은 언제나 행복을 전제하고 힘겨운 고난들을 극복해 주기를 내게 종용했지만, 생명 있는 모든 것들의 마지막 집결지에는 언제나 죽음이 기다리고 있었어. 어떤 무소불위의 능력을 가진 놈이라도 종국에는 어차피 도달해야 하는 필연의 자리, 먼저 가는 편이 한결 행복하리라는 생각이 들었지.

사람들은 내게서 오래전에 등을 돌리고 세상은 사막같이 황량한데 도대체 어디에 희망이 있단 말이냐, 나는 수시로 세상을 향해 가래침을 뱉었지. 떠나야 할 때를 알고 떠나는 사람의 뒷모습은 얼마나 아름다운가, 라는 구절을 장신구처럼 목에 걸고 다니는 문학소녀들을 만나면 차라리 함부로 길바닥에 쓰러뜨리고 강간이라도 하고 싶은 심정이었어. 차마 자살하지 못한 내게는 그 구절이 냉정하면서도 은밀한 자살 독촉 같아서 차라리 도끼로 내 머리통을 찍어 달라고 소리치고 싶었네.

그대여.

나는 자살을 꿈꿀 수밖에 없는 그대의 심경을 어느 정도는 이해할 수 있다. 오늘 양지 바른 담벼락에 기대어 그대 머릿니를 솎아내는 정겨움으로 인간이 얼마나 나약하고 인생이 얼마나 허망한가를 허심탄회하게 이야기하고 싶다.

세상은 썩을 대로 썩어서 한 걸음만 밖으로 나가도 악취가 진동하고 소박한 희망, 순수한 열정, 진실한 사랑, 그대 작은 화분에 파종했던 향일성 식물들은 척박한 토양과 지독한 목마름에 싹도 한 번 내밀어보지 못한 채 참혹한 몰골로 말라 죽고 말았겠지.

그대는 범람하는 인생의 급류 속을 떠내려가면서 가느다란 지푸라기라도 잡을 수 있기를 간절히, 너무도 간절히 소망했겠지. 그리고 기대는 언제나 무산되고 말았겠지.

정말로 이 세상에는 그대를 위해 준비된 희망이 어디에도 존재하지 않는 것일까. 안타깝지만 현재의 그대 입장으로서는 그럴지도 모른다.

이제는 그 어떤 위로의 말이나 동정의 손길도 그대에게는 일시적이고 부질없는 대일밴드에 불과하겠지. 그대의 상처는 너무 깊어 편작이나 화타가 다시 살아난다고 하더라도 완치불능. 이제 그대는 더 이상 절망을 감내할 기력이 없겠지.

언제부터인가 자살 풍조가 도처에 전염병처럼 퍼지고 있다. 자살 사이트가 생기고 거기서 자신을 죽여줄 사람을 공개적으로 물색하고 거기서 만난 생면부지의 목숨들끼리 동반 자살을 감행한다. 하지만 젊음이여.

열심히 일한 당신 떠나라, 라는 광고 문구를 저승길로 떠나라는 의미로 받아들이지 말라.

실연을 비관해서 신병을 비관해서 생활고를 비관해서 날마다 자살이 속출하고 있다. 어느 대기업 회장까지 자신의 목숨을 집무실 창밖으로 훌쩍 내던져버렸다.

그대는 그런 뉴스들을 접할 때마다 아직도 초라한 목숨을 부지하고 있는 그대 자신에 대해 극도의 수치심과 굴욕감을 느낄지도 모른다.

하지만 그대여.

알고 보면 아무리 잘난 놈들도 아무리 못난 놈들도 누구나 고통을 간직하고 살아간다.

생(生) 노(老) 병(病) 사(死) 희(喜) 노(怒) 애(哀) 락(樂).

일렬종대로 한 놈씩 정렬해 놓으니 대수롭지 않아 보이지만 유사 이래로 이 여덟 가지 인생 메뉴를 식성대로 골라먹을 수 있었던 사람은 아무도 없었다.

예수도 골라 먹지 못했고 부처도 골라 먹지 못했다. 그것을 골라 먹기 위해서 발버둥을 치다가 오히려 자신의 인생을 말아먹은 사람들이 부지기수였다.

하지만 대부분의 인간들은 오로지 생(生)과 희(喜)와 락(樂)만이 계속적으로 식탁에 오르기를 기대한다. 하지만 손가락질 한 번에 나는 새도 떨어뜨린다는 세도가라 하여도 그런 것들만 골라 먹으면서 일생을 보낼수는 없는 법이다.

그대도 이미 눈치를 채셨겠지만 생로병사(生老病死) 희노애락(喜怒哀樂), 여덟 가지 인생 메뉴 중에서 멀리 하고 싶은 것들은 노(老) 병(病)

사(死) 노(怒) 애(哀), 다섯 가지나 되는데 가까이 하고 싶은 것들은 생(生) 희(喜) 락(樂), 세 가지뿐이다.

그것들은 멀리하고 싶다고 멀어지는 메뉴들도 아니고 가까이하고 싶다고 가까워지는 메뉴들도 아니다. 그런데 왜 사랑이 충만하신 하나님께서 인간들이 좋아하는 메뉴들보다 싫어하는 메뉴들을 더 많이 인생 식탁에 차려놓으신 것일까. 여기에 오묘한 하나님의 계략이 숨어 있다.

그대여.

인간들이 하루 세 끼 차리는 밥상도 달콤하고 고소하고 향기로운 음식들만으로는 훌륭한 밥상이 될 수 없다. 시고 맵고 쓰고 짠 것들이 있어야 한다. 마찬가지로 기쁨과 쾌락만 있는 인생은 진실로 행복한 인생이 아니다.

그러나 그대의 밥상은 너무나 극단적이다. 날이면 날마다 보리개떡이 아니면 초근목피다. 사나흘 정도만 계속되어도 미칠 지경인데 삼사 년씩이나 계속된다면 살맛이 나지 않을 것이다.

하지만 그대여.

현재 상황만으로 그대의 모든 인생을 속단치 말라. 살아온 날들은 비참의 연속이었으나 살아갈 날들은 기쁨의 연속이리니, 보라, 인류사 이래로 그 이름을 역사에 길이 빛낸 인물들은 대다수가 비참한 과거지사를 간직하고 있었노라. 내 말에 믿음이 가지 않으면 위인전집을 한번 독파해 보기를 권유한다.

그대는 분명 하나님으로부터 선택받은 자다. 하나님은 큰 일을 수행할 인물에게 먼저 참기 어려운 고난부터 내리시나니, 고난을 기꺼이 감내하는 자들에게는 반드시 하나님의 축복이 기다리고 있으리라. 그것이 인간에게 고난을 주시는 하나님의 깊으신 계략이었다.

인내하라.

한겨울 설한을 견딘 나무일수록 그 꽃이 아름답고, 한여름 폭염을 견

딘 나무일수록 그 열매가 향기로운 법. 지금은 보리개떡이 아니면 초근
목피인 그대 인생도 언젠가는 주지육림 산해진미로 상다리가 부러지는
날이 오리라.

그대여.

그대가 진실로 행복한 인생을 기대한다면 그대에게 부여된 생로병사
희노애락을 모두 사랑으로 껴안으라. 무궁화 삼천리 화려강산에 그대가
태어났다는 사실도 사랑하고, 그대가 나이를 먹는다는 사실도 사랑하고,
때로는 독감을 앓거나 두통으로 시달릴 수 있다는 사실도 사랑하라.

분노해야 할 때는 분노할 수 있는 인간이 되고, 슬퍼해야 할 때는 슬퍼
할 수 있는 인간이 되라. 기쁨이 있으면 기쁨을 느끼고, 즐거움이 있으면
즐거움을 느끼는 인간이 되라.

그러나 그대의 목숨은 그대 자신의 소유가 아니다.

지금까지 그대를 생존케 만들기 위해 얼마나 많은 생물들이 그대에게 목숨을 바쳐왔는가를 생각하라. 수많은 벼들과 수많은 배추들, 수많은 닭들과 수많은 멸치들. 그리고 감자. 양파. 부추. 미나리. 마늘. 사과. 대추. 토마토. 호박. 참외. 고사리. 더덕. 머루. 다래. 송이. 산에 있는 것들도 들에 있는 것들도 심지어 저 깊은 심해를 유영하던 것들까지도 기꺼이 그대 뱃속으로 들어가 똥이 되었다.

그대는 그것들에게 아무런 사과도 하지 않았고 아무런 보답도 하지 않았다. 얼마나 미안한 일인가. 그것들이 그대의 죽음을 만장일치로 찬동할 때까지 그대의 목숨은 그대 스스로 끊을 수 없다.

그대여.
한평생을 지독한 가난과 핍박 속에서 아름다운 시를 쓰다가 천수를 다하고 하늘로 돌아간 시인, 이 세상 소풍 끝나는 날 가서 아름다웠노라고 말하겠다던 시인처럼, 그대도 천수를 다할 때까지 천지만물을 눈물겹게 사랑하고 그대 자신을 눈물겹게 사랑하라.

　이 세상에 아직도 외롭고 가난한 시인들이 죽지 않고 살아 있다면 분명 그대도 살아 있을 가치와 희망이 있다.

　용기를 가져라.

　분연히 일어서라.

　그대는 젊다.

밤새도록 비가 내리고 있습니다. 상처가 도지고 있습니다. 날이 새면 그대에 대한 기억들이 완전무결하게 매몰되어 있기를 빌겠습니다.

작가 노트 15

방문을 열 때마다 자욱한 물소리

어디서 왔는지를 생각한들 무슨 소용이며
어디로 가는지를 생각한들 무슨 소용인가.

흘러야 할 장소를 만나면 흐르고
고여야 할 장소를 만나면 고이면서

더러는 저 하늘에 두둥실 구름으로 떠돌다가

새벽녘 가슴 비어
잠 못 드는 그대 머리맡
추적추적 빗소리로 내릴 때도 있으리니.

이제는 오는 일도 가는 일도
생각지 않으려네.

흔들리는 것들은 모두 흔들리는 대로 그만한 그리움을
간직하고 있는 법이다.

은밀한 힌트

—시험으로 시달리는 그대에게

시험은 자유를 속박하는 족쇄, 희망을 목 조르는 사슬. 시험이라는 단어만 떠올리면 덜커덩, 언제나 집채만 한 돌덩어리가 그대 가슴을 짓누른다. 그대는 시험이 끝날 때까지 날마다 커다란 가마솥에 불안의 여물죽을 끓인다. 불안의 여물죽만이 그대의 일용할 양식이다.

하지만 안타깝다.

그대의 두뇌는 같은 시기에 출시된 다른 제품들에 비해 품질이나 성능이 약간 떨어지는 편이다. 아무리 노력해 보아도 신통한 결과를 얻어내지 못한다. 뿐만 아니라 행운조차도 그대와는 인연이 멀어서 막상 시험지를 받아 들면 낯익은 문제들은 하나도 보이지 않고 생소한 문제들만 득시글거리고 있다.

빌어먹을, 요행을 바라고 무작정 찍을 수밖에 없다는 사실이 한없이 그대를 비애롭게 만든다. 하지만 어처구니가 없지, 찍어도 어쩌면 그토록 절묘하게 오답만 골라서 찍었을까.

그대의 싱그러워야 할 젊음은 결국 시골집 처마 밑에 걸려 있는 시래

265

기처럼 초라하게 시들어가야만 한단 말인가.

밤마다 절망이 검은 복면을 쓰고 잠입해서 그대의 가슴에 무지막지한 대못을 박는다.

단지 안정된 직장이나 얻어 가까스로 입에 풀칠이나 하면서 살아가겠다는 희망은 얼마나 소박한 희망이냐. 하지만 그토록 소박한 희망 하나에도 이토록 끔찍한 고통을 바쳐야 한다는 사실에 그대는 소름이 끼친다.

도대체 어떤 의식 구조를 가진 작자가 시험으로 인간의 능력을 측정하는 방식을 최초로 창안해 내었을까. 품질과 성능이 우수한 두뇌를 가진 인간들은 천사일 것이라고 주장하겠지만 그대는 분명히 악마일 것이라고 추정한다. 시험을 악마가 창안하지 않았다면 주기도문에 우리를 시험에 들지 말게 하옵시며라는 문장이 명기될 이유가 없을 것이기 때문이다.

시험은 총성 없는 전쟁이다. 천사는 어떤 전쟁도 좋아하지 않는다. 그대에게는 시험이 없는 세상이 그대로 천국이다.

그대여.

눈물겹다. 어제는 과연 몇 시간을 잤느냐. 타고난 능력으로는 도저히 감당할 수 없는 기대를 무거운 등짐처럼 짊어지고 불확실한 미래를 향해 걸어가고 있는 그대. 째깍째깍 시간이 흐르고, 성큼성큼 어둠이 걸어오고, 펄럭펄럭 달력이 떨어지고, 어물어물 한 해가 기울어진다.

가세는 날이 갈수록 기울어지고 부모님들은 주름살만 깊어가는데, 그대는 속수무책으로 기대의 프라이팬에 불안과 초조만 볶아대고 있는 실정이다.

하지만 그대여.

시험이 그대의 인생을 절대적으로 좌우한다는 견해가 과연 만고불변의 진리일까. 아니다. 시험은 절대적으로 두뇌가 우수한 사람이 유리하다. 그러나 복잡다단한 이 사회를 보다 조화롭고 아름답게 만들어가기 위해서는 다양한 기능이 필요하다. 따라서 성공하는 방법도 그만큼 다양하다.

그대가 시험이 그토록 지겹고 시험에 그토록 자신이 없다면, 굳이 그대의 인생 전체를 시험에 의탁할 필요는 없다.

시험은 전적으로 두뇌적인 것이다. 그러나 인체에는 두뇌만 있는 것이 아니다. 얼굴에는 이목구비가 있고 몸통에는 사대육신이 있다. 그중에서 어느 한쪽 기능이라도 뛰어나다면 최소한 입에 풀칠을 하면서 살아가기에는 별다른 지장이 없다. 뿐만 아니라 그대의 노력 여하에 따라 그 방면에서 세계적이고 역사적인 인물로 부상할 수도 있다.

옷만 잘 만들어도 출세가 보장되고, 집만 잘 만들어도 출세가 보장된다. 곤충만 잘 길러도 성공이 보장되고, 들꽃만 잘 길러도 성공이 보장된다. 그대가 진실로 노력해서 하나의 남다른 세계를 개척할 수만 있다면,

그대에게도 날마다 24시간이 새로 지급된다. 그것을 반죽해서 빵을 만드는 것도 그대의 특권이며 그것을 용해시켜 꿈을 만드는 것도 그대의 특권이다. 그러나 삼차원에서는 한 번 쓰고 나면 어떠한 경우에도 재활용이 안 된다는 사실에 유념하라.

그리고 그것으로서 타인의 삶을 윤택하게 만들고 세상의 어둠을 조금이라도 걷어낼 수만 있다면, 그대는 훌륭한 인격체로 부각될 수가 있을 것이다.

그대여.

현실의 최면에서 깨어나라. 그리고 맑은 정신으로 세상을 둘러보라. 시험을 잘 치는 사람이 반드시 행복한 인생을 살고, 시험을 못 치는 사람이 반드시 불행한 인생을 사는가.

그렇지 않다. 자기 분야에서 발군의 기량을 나타내 보이는 사람들 중에는 시험만 보면 죽을 쑤었다는 사람들도 부지기수다.

인간들은 참으로 기이한 동물이다. 토끼와 거북이에게 경주를 시키고, 빠른 토끼를 방심과 나태로 낮잠에 취하도록 만든다. 그리고 느린 거북이를 성실과 인내로 토끼보다 먼저 골인 지점에 도달하는 승리자로 만든다. 하지만 왜 토끼의 홈그라운드인 육지에서 한 번만 경주를 시키고 마는가. 거북이의 홈그라운드인 바다에서 경주를 시켰다면 다른 결과가 나타날 수도 있지 않은가.

제비는 하늘을 잘 날고, 두더지는 땅을 잘 파고, 잉어는 헤엄을 잘 치고, 다람쥐는 나무를 잘 탄다. 각기 다른 성정과 재능을 가지고 태어난 동물들을 같은 날, 같은 장소에 모아놓고 같은 방법, 같은 규칙으로 우수성을 측정하는 행위가 과연 타당한 것일까.

시험은 그와 별반 다르지 않은 모순을 간직하고 있다. 엄밀하게 따지자면 모든 시험에는 정답이 없다. 물론 모든 인생에도 정답이 없다. 시험에서 오답을 적는 사람들이 인생에서도 오답을 적는다고 생각한다면, 시험과 인생이 한꺼번에 웃고 나자빠질 노릇이다.

사회가 요구하는 정답을 맞히지 못한 사람들이 인류를 위해 훨씬 유익한 업적을 남기는 경우도 허다하다.

그대의 적성과 능력에 따라 인생을 살도록 하라.

그대가 제비라면 부지런히 하늘을 날도록 하고, 그대가 두더지라면 부지런히 땅을 파도록 하고, 그대가 다람쥐라면 부지런히 나무를 타도록 하고, 그대가 잉어라면 부지런히 헤엄을 치도록 하라.

그대가 땅을 파지 못한다고 슬퍼하는 제비로 살아가거나, 아니면 하늘을 날지 못한다고 슬퍼하는 두더지로 살아가거나, 헤엄을 치지 못한다고 슬퍼하는 다람쥐로 살아가거나, 또는 나무를 타지 못한다고 슬퍼하는 잉어로 살아간다면, 하나님조차도 그대를 도와줄 방법이 난감하리라.

그대여.

언제나 하나님을 생각하라. 하나님은 인간에게 단 하나의 시험 문제만 풀면 누구나 인생을 행복하게 살아갈 수 있도록 배려하셨다. 하나님이 출제하신 시험 문제는, 인간은 무엇을 어떻게 사랑해야 할까요, 였다.

인간이 출제하는 잡다한 시험 문제들은 아무리 정답을 많이 맞혀도 백 프로 행복이 보장되지는 않는다. 그러나 하나님이 출제하신 단 하나의 시험 문제는 정답을 맞히면 백 프로 행복이 보장된다. 뿐만 아니라 그 행복을 다른 사람에게까지도 나누어줄 수 있다.

그대여,

어느 쪽을 선택할 것인가는 오로지 그대 의지에 달려 있다. 나는 그대가 고작 자기 한 사람만의 행복을 위해서 밤을 지새우는 삶을 선택하지 않기를 빈다. 그대가 보다 많은 사람들의 행복을 위해서 인생을 불태우는 삶을 선택하기를 빈다.

그대는 인생을 살아가는 동안 수없이 많은 시험 문제와 직면하게 될 것이다. 그리고 세인들은 그것이 보여주는 결과에 따라 그대의 가치와 능력을 평가할 것이다.

그러나 세속의 어떤 시험 문제에도 기죽지 말라. 그대는 지금 하나님이 출제하신 시험 문제를 풀고 있는 중이다. 고난과 슬픔 속에서도 진실로 사랑을 실천하면서 살아가는 사람들의 답안지를 커닝해도 무방하다.

그러나 그대에게만 은밀하게 힌트를 주겠다.

누구든 머리로 인생을 살아가지 않고 마음으로 인생을 살아갈 때 절로 정답을 알게 되리니, 그때는 수많은 사람들이 그대가 있으므로 세상이 더욱 아름답다는 사실을 깨닫게 되리라.

그대여, 진심으로 건투를 빈다.

작가 노트 16

감성마을에 사흘째 눈보라가 휘몰아치고 있습니다. 모든 풍경들이 눈발 속에 흐리게 침몰하고 있습니다. 사람들의 발길도 끊어져버렸습니다.

올해는 겨울만 계속될 것 같은 느낌입니다. 그러나 유사 이래로 그런 사건이 벌어졌던 적은 한 번도 없습니다. 철새들은 모두 떠났습니다. 그런데도 봄은 무슨 거창한 이벤트를 준비하고 있는지 나타날 기미를 보이지 않고 있습니다.

하지만 아픔이 깊을수록 다음에 오는 환희도 찬란한 법이지요. 저는 눈보라에 참몰하고 있는 풍경들을 바라보면서 올봄이 얼마나 화사할지를 이미 눈치채버리고 말았습니다. 여러분을 위해서 감성마을의 모든 문을 활짝 열어두겠습니다.

아직 잠들지 못했습니다.

몽요담 주변이 잔설 때문에 백설기를 깔아놓은 것처럼 보입니다.

물고기들이 겨울을 제대로 견딜 수 있을까요.

아무래도 수심이 너무 얕다는 생각입니다.

바닥까지 얼어버리는 재앙이 초래되지 않기를 비는 수밖에 없습니다.

책상다리를 한 자세로 날밤을 새우고 나니 자꾸만 무릎이 욱씬거립니다.

그래도 지난밤에는 제법 맛깔 나는 문장들이 심어졌습니다.
그래서 마음이 한결 가볍습니다.

쓰는 자의 고통이
읽는 자의 행복으로
남을 때까지.

이 책은 『날다 타조』(리즈앤북, 2003)에 이외수 작가가 새로 집필한 원고와
정태련 작가의 그림을 더해 재편집한 개정증보판입니다.

청춘 불패

초판 1쇄 2009년 5월 20일
초판 28쇄 2014년 1월 25일

지은이 | 이외수
그린이 | 정태련
펴낸이 | 송영석

편집장 | 이진숙 · 이혜진
기획편집 | 차재호 · 김정옥 · 정진라
외서기획 | 박수진
디자인 | 박윤정 · 박새로미
마케팅 | 이종우 · 한명회 · 김유종
관리 | 송우석 · 황규성 · 전지연 · 황지현

펴낸곳 | (株)해냄출판사
등록번호 | 제10-229호
등록일자 | 1988년 5월 11일

서울시 마포구 서교동 368-4 해냄빌딩 5 · 6층
대표전화 | 326-1600 **팩스** | 326-1624
홈페이지 | www.hainaim.com

ISBN 978-89-7337-060-3